lorena salazar
der fluss ist eine wunde voller fische

Blumenbar

lorena salazar

roman
der fluss ist eine wunde voller fische

aus dem spanischen
von grit weirauch

Die Originalausgabe unter dem Titel
Esta herida llena de peces
erschien 2021 bei Editorial Tránsito, Madrid.

ISBN 978-3-351-05104-4

Blumenbar ist eine Marke
der Aufbau Verlage GmbH & Co. KG

1. Auflage 2022
© Aufbau Verlage GmbH & Co. KG, Berlin 2022
© Lorena Salazar Masso & Editorial Tránsito, 2021
All rights reserved by and controlled through SalmaiaLit,
Literary Agency on behalf of Editorial Tránsito, Madrid.
Satz Greiner & Reichel, Köln
Druck und Binden CPI books GmbH, Leck, Germany
Printed in Germany

www.aufbau-verlage.de
www.blumenbar.de

*Für Mama und Papa.
Und für Jorge Luis.*

»Ein Fluss klingt immer nah.
Vierzig Jahre lang habe ich es gespürt.
Es ist das Singen meines Blutes
Oder aber ein Rhythmus, den man mir gab.«
GABRIELA MISTRAL

1

Der Junge und ich gelangen zum Kai von Quibdó. Wir halten Ausschau nach einem Boot, das uns nach Bellavista bringt, uns beide und den Stoffpinguin, den er mit sich trägt, seit wir das Haus verlassen haben. Wir setzen uns auf die Betonstufen, die zum Fluss Atrato führen, ich kaufe ihm bei einer Frau eine Mango mit Zitrone und Salz, und wir warten. Der Morgen gehört den Vögeln, sie singen aus den Bäumen, die am Ufer des Flusses aufragen; selbst die jüngsten Vögel haben ein Nest mit nackten, wehrlosen, hungrigen Küken.

»Ma, schau mal, ein Vögelchen«, sagt er.

»Das ist kein Vögelchen, das ist ein Geier«, antworte ich, den Mund mit Mango voll.

Der Geier mit seinem roten Kopf sitzt auf einem Müllbeutel. Ich will dem Jungen nicht den Unterschied zwischen einem so finsteren Tier und einem Vögelchen erklären, und er fragt auch nicht.

Das Tier hebt zum Flug an und die Strömung nimmt den Beutel flussabwärts mit.

Das Dorf breitet sich vom rechten Uferrand her aus, dringt in einen Dschungel hinein, der seinen Preis fordert und seinen Raum, indem er die Wände mit Feuchtigkeit und Moder durchtränkt. In Quibdó riecht der Atrato nach salzigem Fisch, nach Orange und nassem Holz. Tief ist das

Flussbett, bewacht von alten Häusern, an seiner Seite Kinder und Frauen, die am Ufer Wäsche waschen. Es ist der Fluss in seinen jungen Jahren. Er entspringt in El Carmen de Atrato und mündet in die Karibik. Die Bewohner des Dorfes leben vom ihm: sie fischen, befahren ihn und singen dabei, beten zu ihm. Ein breiter Strom aus schwarzer Erde.

Im Inneren, im Urwald, spiegelt der Atrato nicht wie der Amazonas, er ähnelt auch nicht dem grünen Cauca und auch nicht dem Magdalena, der das Land wild und schäumend durchbraust. An manchen Stellen ist er erdbraun, an manchen zimtfarben, mit einem Geruch wie aus einem Fotoalbum, das man nach langer Zeit aufschlägt.

An der Mole befestigt, auf Passagiere und Essensladungen wartend: drei Einbäume und zwei weißliche Schnellboote. Jedes von ihnen mit seinem Fahrer an Bord, der sich auf die Reise vorbereitet. Am Morgen, auf dem Weg zur Schule, spielen der Junge und ich Dorfaufwecken: Wir überqueren die Straße Alameda, während die Geschäfte ihre Türen öffnen, wir grüßen den Mann von der Fleischerei, streicheln die Hühner in der Tierhandlung, schauen verstohlen die Betrunkenen an, die auf den Tischen der Bar schlafen, für den Jungen sind sie Puppen. Männer, die Reissäcke schleppen und abladen. Die Läden des Bordellbalkons sind geschlossen – dort schläft man lange –, Karren mit Bananen und Körbe voller Zitronen reihen sich entlang des Bürgersteigs auf. Eine ungekämmte Alte, die ich seit Langem kenne, ruft uns von ihrem Balkon aus zu, dass wir spät dran seien, und wir beeilen uns.

Das Dorf erwacht mit der Vorfreude eines Kindes, das ein Buch zum ersten Mal aufschlägt. Eine Freude, die schwindet, wenn die Sonne ihren höchsten Punkt erreicht und gen Dschungel zu sinken beginnt. Die Schwüle der Nachmittage von Quibdó mit ihrer sengenden, erstickenden Sonne drückt. Sie glänzt auf den Gesichtern der Menschen, bis sie um vier oder um fünf als Wolkenbruch explodiert. Es ist kein eigentlicher Regen: Der Himmel entlädt sich über die Geschäfte, deren Waren seit dem Morgen unter freiem Himmel stehen.

Die Leute wissen nicht, wohin ich mit dem Jungen gehe, sie laufen neben uns, als ob nichts wäre. Einige Jeeps warten auf die grünen Bananenstauden, die die Schnellboote von den Höfen bringen, damit sie in die Geschäfte der Viertel geliefert werden. In eines der Boote – das kleinste – steigen drei Dunkelhäutige, sie haben zwei Säcke für den Markt dabei. Sie durchqueren den Fluss rudernd, zu Fuß, sicheren und gelassenen Schrittes. In ihren Sporthosen, orangefarben, limonengrün, himmelblau. Der Anleger füllt sich langsam mit Menschen, wir bereiten uns auf den Einstieg in das günstigste Boot vor. Der Junge versteht nicht ganz, wohin wir fahren. Ich sage ihm, wir machen einen Ausflug, ich verheimliche ihm, wie wehmütig es mich macht, zu dem Ort zurückzukehren, der einst meine Heimat war, wo nichts übrig geblieben ist von meiner Kindheit. Aber doch von der des Jungen.

In einer halben Stunde legt das Boot ab, mit ihm werden wir fahren. Die Bootsführerin ist eine Frau, dunkel wie Kakao, sie bewegt sich in einem grünen Kleid mit indigenen Stickereien – Träume, Erscheinungen, irgendeine

Weissagung. Und trägt Sandalen, Flipflops. Sie grüßt uns vom Boot aus mit »Guten Tag« und ruft uns zu, das Gepäck hinüberzuwerfen, um es im Laderaum zu verstauen. Ich blicke den Jungen an, ein Floh, der sich an mein Kleid klammert, ich ahne seine Angst. Ich schlage ihm ein Spiel vor: Wir zählen bis drei und dann werfen wir unsere Sachen auf das Boot. Eins, zwei, drei: die Kleidung der nächsten Tage, Pyjama und Zahnbürsten fliegen in einem kleinen Koffer durch die Luft. Die Bootsführerin verstaut ihn in einem Laderaum bei den Motoren und blickt wieder zu uns. Ich werfe noch meine Tasche und den Pinguin des Jungen.

»Und ich, was werfe ich, Ma?«

Die Bootsführerin schaut ihn an und sagt ihm, er solle einfach springen, sie fange ihn auf. Ich nehme das Zitronenamulett, das um meinen Hals hängt, und küsse es. Der Junge blickt mich an und weiß sogleich, dass er springen kann. Das Amulett ist ein Wink, den er ganz selbstsicher eines Nachts erfunden hat.

»Ma, immer, wenn du die Zitrone zwischen den Zähnen hast, sagst du ja zu allem.«

Kinder stellen unumstößliche Regeln auf. Ich unterwerfe mich seinem Gesetz. Im Gegenzug bitte ich ihn, seine Hausaufgaben zu erledigen, bevor er spielen geht. Ich bereite ihn auf ein Leben voll von Geben und Nehmen vor. Wir werden uns gegenseitig erziehen. Ich bringe ihm bei, er zu sein, und er hilft mir, alles für ihn zu tun, unter neuer Gestalt zu leben, neuen Zeichen, die niemand anderes verstehen würde. Er lebt mit mir. Ich habe ihn nicht geboren, aber ich bin seine Mama. Das sage ich mir jede

Nacht, ein Gebet, um loszulassen. Ich sehe das Boot und will ihm sagen, dass er nicht springen soll, lieber kehren wir wieder heim, machen den Fernseher an. Will ihm sagen, dass ich ihn brauche. Ich lächele ihm zu, seine rechte Hand lässt mein Kleid los, das jetzt voller Knitter ist. »Eins, zwei und ... drei«, ruft er, springt und die Bootsführerin fängt ihn auf. »Ma, du bist dran!«
Springen oder sich in die Strömung stürzen. Für den Jungen bin ich kurz davor zu springen. Er klingt fröhlich, festlich, es ist ein Spiel. Die Schattenseite des Springens ist das Stürzen. Ich stürze mich hinein, indem ich einen Sprung vortäusche, und der Junge umarmt mich, als würde er aus der Schule kommen. Ich streiche sein Hemd glatt und wir setzen uns auf die Holzbänke, die uns die Bootsführerin zuweist. Weiße Bänke, ohne Rückenlehne. Wenn dies hier ein kleines Flugzeug wäre, würde ich sagen, wir belegen die Plätze 2B und 2C, das Ruder bedient die Bootsführerin von hinten. Im Unterschied zu unseren Flugreisen wundert sich weder sie noch ihr Assistent, der gerade in das Boot gesprungen ist, dass mein Sohn schwarz ist und ich weiß bin.

Fleisch, Kleidung, Salz und Bretter für ein Bett; Kerzen, Stifte, Früchte und drei Kisten mit lebenden Hühnern; Mais, Bettwäsche, Kochtöpfe und Schulbücher. In dieser Reihenfolge reist, was Bellavista braucht. Die Koffer sind voll mit Kerzen, Milchpulver, Windeln. Kleidung wird neu erfunden. Ein Kleid kann zum Rock werden, zum Tuch, Kissen, Küchenhandtuch. Wichtig ist, dass die Leute essen, schlafen, und wenn es möglich ist, lernen.

Das Boot ist unlackiert. Ein großes Stück Mangrovenholz, gekerbt, Farbe ist nicht nötig. Unsere Sitze sind nicht überdacht, ich habe keine Angst vor dem Wasser, das vom Himmel regnet, es macht mir nichts aus, nass zu werden, wenn die Wolken den Gewitterregen niederlassen. Nur für den Jungen brauche ich einen trocknen Platz, vielleicht zwischen den Frauen in der letzten Reihe, lediglich zwei Bänke haben eine Überdachung mit einer schwarzen Plane aus dickem Plastik.

Der Assistent der Bootsführerin verteilt Rettungswesten. Sie riechen nach schlecht getrockneter Wäsche. Ich nehme sie, gebe mich freundlich. Die Frau neben mir, die die Bootsführerin Carmen Emilia genannt hat, schimpft, während sie die Weste zuknöpft: »Die haben sie wohl nie gewaschen.« Der Junge hingegen fühlt sich superstark. Er schaut über den Schwimmwestenkragen und alle hinweg. Ich prüfe, ob er sie richtig angezogen hat und atmen kann. Er fragt mich, ob er mit der Weste in die Schule gehen darf. Ich sage ihm, nein, in Bellavista müssen wir sie zurückgeben. Er verdreht die Augen und setzt sich, richtet den Blick auf den Dschungel, aufrecht, die Arme verschränkt.

Zehn Menschen sind auf das Boot gesprungen. Auf der hinteren Bank sind Zwillinge mit Zöpfen bis zur Hüfte: Rossy und Mary, so stellen sie sich vor. Rossy bittet um eine andere Weste, der Druckknopf ist kaputt. Der Assistent bringt ihr zwei zur Auswahl: grün oder rot. Rossy nimmt die rote und lächelt ihn an, er hilft ihr beim Zuknöpfen und kehrt zum Heck zurück, wo er sich die grüne anzieht. Die Bootsführerin sieht ihn schief an.

Wir warten auf einen Herrn, der sich von seiner Frau verabschiedet. Oder vielleicht ist es auch seine Mutter. Sie überschüttet ihn mit Segnungen, richtet den Kragen seines Hemdes, steckt ihm einige zusammengerollte Scheine zu. Sie küsst ihn auf den Mund. Sie ist diejenige, die ihm die Hemden bügelt: »Arm, aber nicht zerknittert.« Was werden sie sagen, wenn sie ihn schlecht gekleidet sehen? Dass sie ihn nicht genug liebt.

Die Bootsführerin lässt die Motoren an, die Hände, die zum Abschied winken, werden immer kleiner, wir entfernen uns von der Musik der Buden, und in der Luft liegt nur das Geräusch des Bootes.

Vom Wasser aus sehe ich, was Quibdó aufrechterhält: die Geschichte der Geplagten des Flusses, diese Spuren, die das Wasser auf der Erde und am Anleger hinterlässt. Frauen an den Fenstern, Zuschauerinnen, die bereits den Gehweg gefegt haben, ihren Männern das Frühstück bereitet und einfach nur Ausschau halten. Die Glücklichen. Frauen, die am Rand des Flusses wohnen, in Häusern mit großen Innenhöfen, mit Bougainvilleas, die von den Dächern hängen, Kindern, die in den Küchen weinen. Sie hüten den Fluss, ich glaube, sie beten ihn an. Umrisse von riesigen Unterhosen weiter hinten in den Höfen und der Innenhof des Pfarrhauses, wo die gesegneten weißen Umhänge lagern, in denen die Predigt des Tages gehalten wird.

Die Füße der Bootsführerin: zwei geschwollene Stämme, mit Narben von Moskitostichen und orangefarbenen Zehennägeln, die sich an den drei Haltern ihrer Sandalen festklammern. Man würde sie an der Farbe ihrer Nägel wiedererkennen. Erlitten wir Schiffbruch, würde man sie anhand ihrer Zehennägel finden: »Schaut mal her«, würden sie sagen, »das ist die Bootsführerin.« Ich ziehe meine Füße zurück, lege meine Tasche über sie. Die Scham überkommt mich wie Fieber mitten in der Nacht. Ich habe nie gelernt, in Flipflops zu laufen. Die stattliche Frau überprüft die Motoren, die Dichte der Wolken und die Taschen ihrer Schürze, wo sie sicherlich Geld und Essen aufbewahrt.

Der Junge schläft kurz nach der Abfahrt ein. Nebenwirkung der Tablette gegen die Übelkeit und des Wiegens des Flusses. Er schwitzt im Schlaf. Ich fächere ihm zu, wische ihm mit einem Tuch über die Stirn und streiche mit dem kleinen Finger über seine Augenbrauen. Weder schlucke ich, noch zucke ich mit der Wimper, meine Bewegung ist eine innerliche. Eine Träne rinnt aus meinem rechten Auge und fließt direkt auf die Wange des Jungen. Sie rollt bis zu seinem Mund, befeuchtet seine Lippen und verschwindet.

»Der Junge hat Ihre Träne geschluckt«, sagt die Frau, die an meiner Seite fährt, Carmen Emilia.

»Ja, ich konnte ihm nie die Brust geben«, antworte ich.

Carmen Emilia lässt sich nichts anmerken, sie schaut zum Himmel mit seinen dichten Regenwolken. Vielleicht murmelt sie den Namen irgendeines Heiligen, den sie in ihrer Tasche bei sich trägt. Klammert sich an ihn wie an ein Gebet. Die Blumen auf ihrem Rock sind verwaschen, die weiße Bluse, von der sie noch ein paar saubere dabei hat, lässt einen BH erkennen, cremefarben wie meine

Haut. Die Frau schwitzt, sie ist schwarz wie mein Kind. Mit Brüsten, die eine ganze Schule nähren könnten. Ich bin mit Frauen wie ihr aufgewachsen, solchen, denen der Wind nicht das Haar zerzaust, wenn sie sich über den Fluss beugen.

 Es regnet. Die Wolken rebellieren gegen die Sonne und regnen auf uns hernieder. Es ist kein Platzregen, der einen durchnässt, unangenehm und stechend. Es friert einen auch nicht. Ein milder Regen, wie die Schweißtropfen des Jungen. Ich flüstere ihm zu, dass ich den Platz wechseln muss, damit er nicht nass wird, aber er hält sich wieder an meinem Kleid fest. Er liegt auf meinen Beinen und ist in jenem Alter, wo sie zu groß sind, um getragen zu werden, und zu klein, um einen eigenen Sitz zu bekommen. Oder vielleicht halte ich ihn für kleiner, als er ist. Aus meiner Tasche hole ich eine durchsichtige Plastikplane und decke sie über ihn.

 Die Bootsführerin drosselt die Geschwindigkeit, und die Passagiere, die auch nicht unter dem Dach sitzen, öffnen ihre schwarzen, roten, dunkelvioletten Regenschirme. Große, einfache Schirme. Ich habe keinen Schirm dabei, aber der Junge ist geschützt. Carmen Emilia will helfen, hält die Hälfte ihres Schirms über mich. Regenwasser fällt auf meine Haare, auf die Schultern, auf das weiße Kleid mit den blauen Streifen. Ich danke vielmals und sage ihr, dass ich den Regen mag, dass er mich durchweichen wird, als wäre ich in Anziehsachen geschwommen. Sie lacht und zeigt dabei all ihre Zähne, so weiß wie die meines Jungen. Sie gibt nach. Macht den Schirm zu und sagt, dass sie mir Gesellschaft leisten werde im Regen.

Der Wind bläst die Wolken in den Dschungel, der Regen hat aufgehört. Ich sehe keine Häuser mehr, die Bäume wechseln sich ab, grüne Flecken, die den Fluss begrenzen. Der Junge dreht sich um, schaut mich aus seinen dunklen Augen an. Ich sehe seine Nase durch die Plane – flach, rund, klein –, er seufzt und flüstert:
»Sind wir gleich da?«
»Nein, wir sind gerade erst losgefahren.«
Carmen Emilia hat die Augen zu. Ich weiß nicht, ob sie betet oder schläft. Kann ein Erwachsener bei diesem Lärm schlafen? Wind, abgeschnittene Worte, Wasser gegen Holz und die Bootsführerin singt lauthals ein Lied – unsauber, mit geschlossenen Augen – irgend so eine Cumbia-Schnulze über gehörnte Ehemänner.

Ich nehme die Plane von dem Jungen ab, falte sie in der Mitte zusammen und breite sie vor unserem Platz aus. Vom wolkenlosen Himmel scheint die Sonne auf uns nieder, trocknet unsere Kleidung. Der Geruch der Weste verbindet sich mit dem meines Körpers: Ich rieche nach nassem Hund und der Junge auch. Ihm ist es egal, er schaut konzentriert auf Carmen Emilia. Er bewegt die Hände vor ihrem Gesicht, um zu prüfen, ob sie schläft oder nur so tut, so wie er es macht, wenn wir Besuch bekommen. Die Frau wird nicht einmal misstrauisch.

Der Fluss schläft, wir navigieren auf einem Tiger, der mich jeden Moment vollständig verschlucken kann, mich und meinen Jungen. Wie oft habe ich als Mädchen diesen Fluss auf meinen Bildern gemalt? Bis zur Ermüdung habe ich wiederholt, dass er einer der gefährlichsten der Welt ist.

Wie stolz ich mich durch ihn fühlte. Tief, bedeutend, gefährlich. Jede Regenzeit an der Quelle oder im Dorf ließ ihn in die Küchen fließen, die Schule überschwemmen. Es verging nicht eine Woche, in der nicht ein Mädchen mit nassen Schuhen in die Klasse kam. Die Nonnen bemerkten es und befahlen uns, die Schuhe auszuziehen und sie ihnen auszuhändigen. Sie stellten sie hinter die Kühltruhen in der Cafeteria, wo sie die Getränkeflaschen aufbewahrten. Wenn wir nach Hause kamen, schimpften uns die Mütter wegen unserer schmutzigen Strümpfe aus.

Der Junge schläft ein und Carmen Emilia wacht auf. Sie öffnet den Mund wie eine Bärin, streckt die Hände aus, kämmt sich. Sie holt eine Banane aus ihrer Tasche und bietet mir eine zweite an.

»Wie alt ist er?«

»Wie bitte?«, frage ich.

»Der Junge natürlich. Schläfst du oder was?«, antwortet sie kauend.

Ich mag den Geschmack von überreifem Obst. Mit den dunklen Flecken, Runzeln, Druckstellen, Löchern von Maden. Eine glatte Frucht schmeckt nie so gut wie eine, die den Lauf der Zeit erlitten hat. Carmen Emilia sagt zu mir, dass ich ihr, da wir ja schon vertraut miteinander seien, von dem Jungen erzählen solle. Die Leute fragen immer nach Dingen, damit sie eine Ausrede haben, um selbst ihre Geschichten zu erzählen, die sie sich über die Jahre zurechtgelegt haben. Ich seufze, strecke die Beine aus und antworte auf die Frage hinter der Aufforderung.

»Seit der Junge da ist, habe ich mehr Nächte neben seinem Bett verbracht als in meinem, habe seine Atmung überwacht, der warme Welpenhauch, wie er durch seine kleine Nase ein- und ausströmte, war mir Grund genug, arbeiten zu gehen und ihm alles zu geben, worum er mich bitten würde. Alles, was ich aus seinen schwarzen Augen erraten würde. Eines Morgens, nachdem ich schlecht geschlafen hatte neben seinem Bett, weckte mich sein Weinen. Warum bin ich schwarz und du weiß?, fragte er mich. Er war vier Jahre alt und ich war auf diese Frage nicht vorbereitet. Wenn er in mir herangewachsen wäre, wenn ich ihn geboren hätte, wäre es nicht weniger schwierig gewesen, darauf zu antworten. Vielleicht hätte ich ihm gesagt, dass es auf der Welt Menschen in vielen Farben gebe, und dass, wenn man sie mische, neue Farben entstünden. Dass sein Papa schwarz sei und ich weiß, dass er das Beste von uns herausgeholt habe: die Haut von Papa, die Augen und den Gang von Mama. Aber er hat keinen Papa und wurde auch nicht von mir geboren.«

Carmen Emilias Blick weicht nicht von mir, sie kann gut zuhören. Sie nimmt mir die Bananenschale aus den Händen und wirft sie fort. Ich weiß nicht, ob sie mir glaubt. Sie schaut zu dem Fluss, kaffeebraun wie sie, wie das Holz des Bootes, wie der Junge. Nach einem kurzen Schweigen fahre ich fort:

»Was macht jemand, der ohne Mutter aufwächst? Behütet ihn der Wind, eine Lehrerin, die Frau aus dem Laden an der Ecke? Wer bringt ihm bei zu beten, sich zu fürchten, es sein zu lassen mit dem Glauben? Wer sagt ihm: Junge, das macht man nicht! Wer schneidet ihm die Flügel ab und wer näht sie ihm wieder dran? Wer stellt ihn mit den Füßen auf den Boden? Keine zu haben ist manchmal das

Gleiche wie eine zu haben. Eine Mutter ist etwas Schmerzliches. Sie ist Wunde und Narbe. Für einen Jungen ist eine Mama diejenige, die fragt, ob er Milch oder Kakao möchte, die ihn ausschimpft, wenn er barfuß durch das Haus läuft, die die Suppe zuerst probiert, sich die Zunge verbrennt und wartet, bis sie ein bisschen abkühlt. Eine Mama ist die, die da ist.

An jenem Tag schickte ich ihn nicht in die Schule. Im Hof des Hauses, neben dem Zitronenbaum, stellte ich den Holztisch hin, an dem ich damals arbeitete. Ich holte Buntstifte, Blätter und setzte den Jungen mir gegenüber. Bevor ich ihm die Wahrheit sagte, bat ich ihn, Linien in allen Farben zu malen. Er nahm ganz viel Grün, malte braune und blaue Kreise. Er füllte das Blatt mit Orange, Gelb, Rosa, Schwarz, Rot, Cremefarben und Hellbraun. Vom Himmelblau brach ihm die Spitze ab. Mit dem bemalten Blatt auf dem Tisch erklärte ich ihm, dass so die Welt sei, bunt, und dass die Leute dazugehörten, denn wir seien die Natur.

»Bin ich ein Baum?«, fragte er.

»Ein Baum mit Augen und Füßen und Sprache«, sagte ich.

»Was bist du?«, fragte er lächelnd.

»Was glaubst du?«, sagte ich und stellte mich hin, damit er mich komplett anschauen konnte.

»Na, eine Mama«, rief er.

Ich setzte mich neben ihn und erzählte ihm die Wahrheit:

»Du bist schwarz und ich bin weiß, weil du zwei Mamas hast: eine ist die schwarze Frau, die dich neun Monate in ihrem Bauch getragen hat und dich zur Welt brachte. Die andere bin ich, die sich jeden Tag um dich kümmert, seit du ein Baby bist.«

Der Junge schaute auf die Zitronen, während er zuhörte.

»Die Frau, die dich geboren hat, konnte nicht bei dir bleiben, bei uns«, sagte ich.

Ich nahm ein Blatt Papier, malte zwei Frauen – eine schwarz, die andere weiß – und einen Jungen, auch schwarz. Ich erklärte ihm:

»Das ist deine schwarze Mama, das ist deine weiße Mama und das bist du.«

Dass er sehr viel Glück habe, denn fast alle Kinder hätten nur eine Mama und er habe zwei, sagte ich ihm auch. Er zog den Rotz hoch, schien glücklich und überzeugt. Indem ich ihm sagte, das sind Dinge von Gott, konnte ich die Sache aufklären, ich hatte ihm schon beigebracht, dass wir die Stimme Gottes nur im Inneren hören, abends um acht, bevor wir ins Bett gehen. Wer würde ihm antworten, wenn er zu Gott spräche, laut und morgens um zehn?

Ich bat ihn, sein eigenes Bild zu malen. Zwei Mütter und ein Junge darauf und jede Menge grüner Kreise, Limonen. Bevor er fertig war, zeigte er auf meine Umrisse und sagte:

»Ma, du bist fast unsichtbar.«

»Weiß ist eine langweilige Farbe. Mal mir ein Kleid.«

Also malte er mit allen Farben über das Weiß. Meine Umrisse sahen aus wie ein Flickenteppich. In der Mitte aber wurde die Mischung aus allen Farben zu Schwarz.

Am Ende fragte er mich, ob die andere Mama uns Geschenke bringen würde, wenn sie uns besuchen käme. Ich sagte ihm, Ja.

»Hat er noch mal nach der schwarzen Mama gefragt?«

»Nein. Aber ich habe die Bilder, die wir an jenem Tag gemalt haben, eingerahmt und sie in seinem Zimmer aufgehängt. Er weiß, dass er zwei Mamas hat, aber wir sprechen nicht mehr darüber. Ich weiß, wenn sie ihn in der Schule fragen, warum er eine Mama wie mich hat, antwortet er, dass er zwei Mamas habe, und er macht sich über die anderen lustig, die nur eine haben. Er rennt weg und versteckt sich im Bad und weint. Er weiß nicht warum, aber er weint.«

Die Sonne brennt, die Bäume wetteifern mit dem Wasser: sie wollen hineinwachsen, dem Flussbett des Atrato Raum rauben. Die Schreie eines Vogels sind zu hören, immer lauter, ich mache mir Sorgen, dass sie den Jungen aufwecken. Carmen Emilia zeigt auf einen Baum, sagt mir, dass da ein gesprenkelter Sperber sei. Sie zeigt auf einen anderen und dann noch einen. Sie sagt auch, dass es schade sei, dass man nicht wisse, ob ein Vogel singe oder weine. Ich sage nichts. Mein Junge wacht sonst noch auf.

»Gefällt es Ihnen, weiß zu sein?«, fragt sie mich und bricht das Schweigen zwischen uns.

Ich streiche mit der Hand über die Haare des Jungen, richte sein Hemd und ziehe ihm die grünen Schuhe aus. Der unglückliche Vogel singt nicht mehr. Ich schaue Carmen Emilia an und erzähle ihr eine Geschichte aus meiner Erinnerung.

*

Nächste Woche ist »Tag der Rasse«, und wir sollen ein Theaterstück im großen Innenhof der Schule aufführen, vor allen. Ich kann nicht schauspielern, ich kann simulieren, dass ich eine Grippe habe, mein Körper juckt, mir der Hals wehtut, aber nicht schauspielern. Viertel nach drei kommen wir für die erste Probe des Stückes in den Musiksaal, neben dem Heilkräutergarten. Beige gestrichen, ohne Fenster und mit einem Ventilator, der an der Wand eingebaut ist. In dem Saal sind Spiegel bis an die Decke hoch, deshalb gehen die Nonnen da nie hinein, es ist ihnen verboten, sich selbst anzuschauen, sie könnten ja wegen Eitelkeit in die Hölle kommen. Oder wegen Hässlichkeit. Dieses Jahr hatten wir keinen Musikunterricht, der Saal blieb verwaist, seit unser Lehrer an einem Infarkt gestorben ist, den nicht wir mit unseren falschen, schrillen Tönen verursacht haben, wie er uns mit seiner Tenorstimme immer gesagt hatte.

Wir stehen im Kreis zusammen wie Indianerinnen um ein Lagerfeuer und Karol, die Klassenbeste, soll das Stück betreuen und uns Anweisungen geben. Señora Eloísa nimmt sie immer als Vorzeigeschülerin und lässt sie auch die Gruppe beaufsichtigen, wenn sie zur Toilette geht, um sich mit diesem Parfüm einzusprühen, das nach Friedhofsblumen riecht. Karol schaut über die Schulter auf uns herab und verteilt Kopien, auf denen erklärt wird, wie wir uns zu kleiden haben, sie sagt, die Geschichte hätten wir ja bereits im Unterricht gelesen und wir sollen die Dialoge improvisieren, ganz natürlich. Ich kann nicht improvisieren, aber weil es das erste Mal ist, dass man mich zu etwas einlädt, sage ich nichts.

Die Kleidung klebt mir am Bauch, so schwül ist es in diesem Saal. Karol hebt ihre Hand, wir sollen schweigen und aufpassen, sie wiederhole nichts. Die geborene Befehlshaberin.

»Señora Eloísa hat die Rollen verteilt. Ich werde ›das Bewusstsein‹ sein, die wichtigste Stimme. Ich erzähle die Geschichte des Stücks, das die Señora geschrieben hat, während ihr spielt. Lina, Jimena, Jessica, Susana, Rocío und Neisy werden Sklavinnen sein. Vanessa, Anny, Teresa und Andrea die Indianerinnen«, sagt Karol.

»Und ich? Wer soll ich sein?«, frage ich Karol.

»Du bist der Spanier«, bestimmt sie gemein.

»Ahhh, nein. Warum gerade ich?«, sage ich und verschränke die Arme.

Sie kichern, hüsteln und prusten, halten sich den Bauch vor Lachen wie die Hyänen im »König der Löwen«. Ich sage, dass ich auch gern Indianerin wäre oder Sklavin, dass ich mich ja schminken könne, einen Haufen bunter Ketten hätte, aber sie hören nicht auf zu lachen. Ich hasse meine Eidechsenhaut, Schreibhefthaut, deswegen soll ich die langweiligste und einsamste Rolle spielen. Ich weiß nicht mal, wie ein Spanier ist. Ich bin wütend, aber ich zeige es nicht, ich will nicht, dass sie mich aus dem Stück werfen und/oder sich ärgern über mich. Ich lese die Anweisungen: die Sklavinnen sollen weiße Boleroröcke tragen, Schürze und ein Tablett für das Gold. Die Indianerinnen Kleider und bunte Ketten. Der Spanier trägt eine schwarze Hose, weißes Hemd und eine Kuhpeitsche in der Hand. Das Bewusstsein sagt, in der Truhe seien für uns alle die Kostüme, dass wir uns anziehen sollen, weil in fünf Minuten die Probe anfängt. Sie hat ihr eigenes gelbes Kleid mitgebracht.

Im Musiksaal gibt es keine Toiletten. Wir ziehen uns voreinander aus und holen die Kostüme aus der Truhe. Ich beschaue sie im Spiegel: ihre Haut glänzt, ich sehe aus wie ein Gespenst. Die Sklavinnen ziehen Röcke an, flechten sich Zöpfe und tanzen durch den Saal wie Schmetterlinge. Die Indianerinnen, schon in Kleidern, malen sich Formen ins Gesicht und erfinden Wörter wie »wakiuj«, »miaje«, »jijibú«. Meine Garderobe ist eine Katastrophe: die Kleidung des Spaniers ist mir zu groß, in die Hose passen zwei Mädchen und das Hemd – für einen Riesen. Eine der Sklavinnen leiht mir ein Stück bunten Stoff, den ich als Gürtel verwende. Ich sehe erbärmlich aus. Ich stecke die Haare nach hinten und male mir einen struppigen Schnurrbart mit der Schminke der Indianerinnen.

Vier Stühle in der Mitte des Saals stellen die Hütte der Indianerinnen dar, ein gelbes Laken ist der Fluss und die Truhe ist das Schiff, in dem die Sklavinnen und der spanische Sklavenhalter ankommen. Wir warten draußen vor dem Saal auf den Befehl. Ich schneide Grimassen, weil mich der angemalte Schnurrbart juckt. Wir hören das Zeichen »Los«, die Indianerinnen gehen zuerst hinein und setzen sich. Karol, das Bewusstsein, geht in ihrem gelben Kleid von einer Seite auf die andere und spricht mit Göttinnenstimme:

DAS BEWUSSTSEIN: Sonne, grüne Erde, Vögel. Das Wort »Käfig« existierte nicht. Die Indianerinnen mit ihren langen Haaren flochten Körbe aus Blättern, kämmten Läuse aus Kindern. Sie baten die Pflanzen um Erlaubnis, ihre Schmerzen zu heilen.
(Die Indianerinnen reißen Blätter aus ihren Heften und schwenken sie zum Dach blickend, als ob das der Himmel wäre.)
DAS BEWUSSTSEIN: Die Freiheit erstarb, als die Spanier mit ihren Spiegeln und ihren Pferden und ihren kastillischen Reden kamen. Die Indianerinnen wurden geknechtet und mussten von früh bis spät arbeiten, sie hielten dem aber nicht stand. Die Armen starben zwischen trockenem Laub, Schlamm und Jenipapo-Baum.
(Die Indianerinnen werden auf den Stühlen ohnmächtig, der Kopf hintenüber und die Haare hängen wie ein Wasserfall).
DAS BEWUSSTSEIN: Die Spanier, so klug, so gemein, mit ihrer wolkenweißen Haut, raubten Afrika. Machten aus den Frauen Sklavinnen, trennten sie von ihren Familien und verboten ihnen, ihre Götter anzubeten. Sie zwangen sie tags und nachts zu arbeiten, schlugen und erniedrigten sie, und hinterließen bei ihnen eine Wunde, mit der heute alle schwarzen Frauen geboren werden.
(Die Sklavinnen sind an einem Seil festgebunden und beugen sich über den Fluss. Sie suchen Gold und singen.)
SKLAVINNEN:
Auch wenn mein Herr mich tötet
Ich gehe nicht in die Mine
Ich will nicht sterben
In einem Stollen

DAS BEWUSSTSEIN: Sie rissen sie heraus wie eine Pflanze ohne Wurzel. Sie verboten ihnen zu denken, die Sonne anzuschauen und den Regen zu genießen; noch durften sie von einem würdigen Haus für ihre Familien träumen. Sie gehörten dem geizigen Mann, der sie der Morgenröte Afrikas raubte. Ohne Land hatten die Sklavinnen nur ihre geflochtenen Zöpfe und den Gesang. Der Spanier nahm ihnen alles. Der Spanier nahm ihnen alles, hab ich gesagt ...

Karol schaut nach allen Seiten und wartet darauf, dass ich, der weiße Spanier, in Erscheinung trete und mit Worten Gemeinheiten improvisiere. Aber das tue ich nicht. Ich wische mir mit dem Ärmel des Hemdes den Schnurrbart ab, drehe mich um und gehe. Ich bin weiß, aber ich bin nicht irgendein Spanier. Ich werde meine Schulkameradinnen nicht schlecht behandeln. Ich laufe, so schnell ich kann. Karol kommt heraus und schreit mir hinterher, dass sie mich aus dem Stück schmeißt, wenn ich nicht wiederkomme. Ich laufe und laufe weiter.

*

Carmen Emilia ruft Erinnerungen in mir wach, von denen ich nicht glaubte, dass ich sie so klar in mir trage. Sie hört mir aufmerksam zu, aus neugierigen Augen, die das Alter nur leicht durchfurcht hat. Sie war schön, ist es. Eine üppige, markante, alles andere als subtile Schönheit. Wild. Eine Rinde eines Baumes, der mit den Jahren des Lebens im Dschungel dessen Geheimnisse kennt. Ich kann sie nicht belügen und es überrascht sie, dass ich ihr mehr erzähle, als sie erfragt, auch wenn sie sich nichts anmerken lässt. Sie sagt, Kinder seien echt, sie würden mit der Geschichte in der Haut geboren und mit reinen, ehrlichen Worten. Dann wachsen sie auf und verderben, stinken. Ich solle mir keine Sorgen machen, ich sehe nicht aus wie ein Spanier. Aber die Geschichte wiege schwer und der Weiße sei der Weiße. Das gehe so weit, dass selbst die, die in diesem Land geboren werden, ankommen und sich das nehmen, was ihnen nicht gehört. Indem sie Häuser bauen, Geschäfte aufmachen, damit der Schwarze für sie arbeitet. Sie könnten sehr wohl studieren, weil sie von außen kommen. Sie sagt, das Schlimmste sei, egal, was letzten Endes die Geschichtsbücher erzählten, dass immer noch kein Trinkwasser und keine Bildung in diese Gegend gelangen.

Die Geschichte, wie sie meine Erinnerung erzählt, ist eine Wunde, mit der wir alle geboren werden. Wir werden nie wiedergutmachen können, was das schwarze Volk erlitten hat. Seine Feindseligkeit, die Angst, die Verachtung haben einen tiefen, alten Grund. Wirken weiter. Als ich klein war, machten die Mädchen Witze über meinen Körper, aber es war keine Zurückweisung, ganz im Gegenteil. Sie schufen Verbindung mit mir, brachten mir in ihren Röcken Tanzen bei, versuchten, Rhythmus in meinen Körper zu bringen. Während ein Mädchen mir das Becken bewegte, machte eine andere Zöpfe mit meinen Haaren, damit das Schlichte aus mir verschwinde, so sagten sie.

Mein Kind, alles andere als schlicht, bewegt sich im Sitz des Bootes. Er hat Albträume. Manchmal träumt er, dass ihn riesige Schildkröten verfolgen und ihm in die Füße beißen. Er wacht weinend auf. Ich umarme ihn und frage ihn, ob er Hunger hat. Eine Bootsfahrt, länger als eine Stunde, ist für ein Kind nicht lustig. Ich hole eine Tüte mit Pflaumen hervor und erfinde ein Spiel für ihn: jeder einen Namen geben, bevor man in sie hineinbeißt. Er wischt sich die Tränen ab und lächelt. Mit seinen Pyjama-Augen und den reifen Pflaumen setzt er sich zwischen Carmen Emilia und mich. Er sagt: Rubiela. Jacinta. Ester. Ich weiß nicht, woher er die Namen kennt, wir kennen keine Leute, die so heißen. Weiter: Fulgencio, Catalina. Andy Rocío. Angosto. Augusto, korrigiere ich. Und Runi. Bomberto. Ismelda. Jonsefo. Vintor. Amalina. Cirueldo.

Er bietet uns keine an. Pflaume für Pflaume verschwindet das Fleisch mit Namen. Die Kerne in die Tüte. Der Junge schaut mich an mit einem Gesicht wie »fertig gespielt, was jetzt?«. Carmen Emilia sagt zu dem Jungen, dass er die Kerne nicht bei sich behalten soll, jetzt sei er dran, sie auszusäen, damit mehr Pflaumenbäume wachsen. Er schaut mich an und sucht meine stumme Zustimmung, die ich ihm gebe, und dann sagt er, dass er die Pflaumen in den Fluss sät. Von seinem Platz aus beginnt er, sie mit seiner Jungenkraft zu werfen, die Kerne fallen ins Wasser, während er wiederholt: Angosto. Runi. Bomberto. Ismelda. Jonsefo. Vintor. Amalina. Cirueldo.

Mutter sein: Spiele erfinden tagein, tagaus. Während ich koche, erzähle ich ihm Geschichten: das Brummen des Mixers ist ein Monster mit drei Köpfen: einer Borojó, der andere Mais, der dritte Ananas. Der Dampfkochtopf – eine blinde Schildkröte; das Messer – Krokodilszähne, die Kühltruhe – die Antarktis, wo er manchmal seinen Stoffpinguin aufbewahrt. Auch er erfindet: Der Eimer, in den wir die schmutzige Wäsche hineinwerfen, ist ein Brunnen und für jedes Kleidungsstück, das wir hineintun, dürfen wir uns etwas wünschen. Das letzte Spiel des Tages heißt schlafen. Carmen Emilia steht auf, geht die Reihen entlang und stellt sich zu der Fahrerin. Sie unterhalten sich wie alte Bekannte. Sie ähneln sich um den Mund, in den Sandalen, in der Weise, wie sie beim Sprechen die Hände an die Hüften legen. Dichtes, schweres Haar. In ein paar Jahren bekomme ich Falten, aber sie nicht, sie sind stärker als Früchte, sie fürchten die Zeit nicht. Ich beneide sie um die Art, wie sie Stoff um sich legen. Sie beherrschen ihn und verleihen den Boleroröcken und Kleidern Mystik, auch den Haaraccessoires, der Farbe Gelb, die niemand anderem so steht. Meine Stoffe hingegen hängen wie nasse Federn, versuchen zu verwischen, was ich nun mal bin.

Der Junge überreicht mir die Tüte ohne die Pflaumenkerne und reibt sich die Hände an den Hosen ab. »Aua, mir tut der Rücken weh«, sagt er und fasst sich an den Hals. Er ist sehr klein für eine Fahrt in einem engen Boot mit Unbekannten zusammen, über so viel Wasser, der Sonne und dem Regen ausgesetzt. Er fragt mich, ob es noch lange dauert, ob er dort, wo wir hinfahren, ein eigenes Bett haben wird, ob die Fahrerin schnarcht. »Aua«, sagt er erneut und ich umarme ihn, betaste seinen Rücken und seinen Hals und küsse ihm den Kopf, bis er eingeschlafen ist.

Carmen Emilia lässt mich zu meiner Kindheit zurückkehren. Sie wühlt beharrlich die Vergangenheit auf und führt mich in die Tiefen. Hoffentlich bleibt sie den Rest der Reise bei der Bootsführerin, aber ich weiß, dass sie mich wieder befragen wird. Alle im Boot sind wir dabei, eine Geschichte zu erfinden: Was erzählt man bei der Ankunft in Bellavista?

*

»Sind wir gleich da?«, frage ich meinen Papa.
»Ja, gleich«, antwortet er.
Ganz schön viele ja gleich für ja gleich, sage ich leise, damit es meine Mama nicht hört. Sie schimpft mich aus, weil ich immer widerspreche.
Groß werden heißt lernen, die Uhrzeit zu lesen, damit man sagt: Ja, gleich.
Mein Papa gibt mir eine sehr große Orange. Es sei keine Orange, es sei eine Toronja, sagt er dann.
»Was ist eine Toronja?«, frage ich ihn.
»Es ist weder eine Orange noch eine Zitrone, und auch keine Mandarine. Aber sie sind sich ähnlich. Aus einer Familie. Wenn du eine Zitrone wärst, wären deine Cousinen Toronjas.«
Schon lange haben wir die Wurst, die uns die Großmutter eingepackt hat, aufgegessen und nur ein Sack Toronjas ist noch da. Wir sind hungrig und wie ausgemergelt. Während der Fahrt sitzen wir nicht mehr so eng aneinander auf der Rückbank des roten Willy, der Schlagseite hat wie das Lächeln eines Alten ohne Familie. Ich mag, dass das Auto den Namen eines Walfischs aus einem Film trägt. Willys, korrigiert mich mein Papa. Willy, wiederhole ich. Er gibt nach und steckt seine grauen Haare unter ein kaffeebraunes Käppi und sagt, dass wir uns später so einen Willy kaufen werden.

Ich wollte gern, dass die Großmutter mit uns kommt, aber sie blieb in diesem kalten Dorf, wo wir bis heute leben. Wir mussten alle Sachen dalassen, weil in diesen Willy nur ein paar Koffer mit Anziehsachen passen. Es gibt hier keinen Platz für eine Großmutter, vor allem, wenn sie so dick ist wie meine. Außerdem, so sagte sie, könne sie ihre Pflanzen nicht alleine lassen, der Großvater kümmere sich ja nur um die Pferde, und das stimmt. Ich habe ihn selbst gesehen, wie er seine Lederstiefel auszieht, an den Pflanzen im Hof vorbeigeht, um die Melasse für die Pferde zu holen. Die Stauden schaut er nicht mal an. Die Großmutter noch weniger. Deswegen hätte es mir nichts ausgemacht, wenn ich die Großmutter gegen meinen Bruder hätte austauschen können, so dass sie mitgekommen wäre anstatt dieses Jungen, der ständig nur weint. Meine Mama sagt, wenn er weiterhin ohne Grund weint, wird sie ihm Gründe geben zu weinen. Mein Papa bittet den Fahrer um sein Messer. Wir öffnen eine Toronja mit dem gleichen Gefühl, wie wir Weihnachtsgeschenke öffnen. Meinem armen Bruder spritzt die Toronja in die Augen und jetzt fängt er wirklich mit Grund an zu weinen.

Wir kommen an einem Schild vorbei mit der Aufschrift »Willkommen«. Meine Mama fährt sich mit den Händen durchs Haar und gibt uns Bescheid, dass wir gleich da sind. Sie wischt dem Jungen den Rotz ab und rückt das Käppi von meinem Papa zurecht und mir sagt sie, ich solle mich aufrecht hinsetzen. Ich versuche mich auch zu kämmen, schau mich in den Fensterscheiben des Willy an, aber man sieht nichts, weil sie aus Plastik sind. Jetzt muss ich nicht mehr fragen, wie lange es noch dauert. Jetzt bereitet es mir keine Sorge mehr, dass der Willy von der Straße abkommt. Jetzt sehe ich schon die Zitronen statt der Toronjas.

Eine Tante begrüßt uns. Wer sonst? Alles, was nicht Papa, Mama oder Bruder ist, ist Tante. Wie geht es euch? Wie war die Fahrt? Habt ihr schon gegessen? Auf die letzte Frage rutscht mir fast eine Antwort heraus. Wir tragen die Koffer aus dem Willy. Mein Papa spricht mit dem Fahrer und meine Mama geht mit der Tante und dem Bruder, der nicht mehr weint, ins Gebäude.

Ich bleibe wie angewurzelt stehen beim Anblick der Zitronenbäume auf der Straße. Ich laufe zu einem von ihnen und sehe, dass Ameisen in Reih und Glied den Stamm hochlaufen wie Schulkinder, wenn Messe ist, oder beim Austeilen des Essens. Sie tragen kleine Stücke von Blättern. Am Ende der Straße sieht man die Linie eines Flusses. Bevor wir nach Quibdó losgefahren sind, sagte die Großmutter zu meiner Mama, dass bei Starkregen der Fluss die Häuser unter Wasser setzt, den Leuten die Möbel, die Betten und die Kleidung feucht werden. Und dass in Bellavista, wo wir hinfahren, nachdem wir einige Tage hier verbracht haben, der Fluss bis zur Kirche anschwillt. Ich wollte immer Schwimmen lernen, aber ein Fluss ist ein Fluss, kein Schwimmbad. Zum Glück wohnt meine Tante in einem sehr hohen Gebäude mit drei Stockwerken und wenn Wasser über die Ufer tritt, wird es bei uns nicht feucht. An diesem Ort ist alles grün, sogar die Dächer sind es. Es gibt einen, zwei, drei, viele Bäume. Ich blicke mich nach meinem Vater um: Er spricht noch mit dem Fahrer des Willy. Ich zähle vier, fünf, sechs. Kinder sind in die Bäume geklettert. Was machen sie da? Essen sie Zitronen? Es sind Jungs und ihre Hautfarbe ist anders als meine, glänzender, schöner. Manche sind barfuß. Andere tragen Sandalen, kurze Hosen und Hemden mit Löchern wegen der Hitze. Einer wirft mir eine Zitrone an den Kopf. Aua. Ich schaue ihn an und zeige ihm die Toronjas. Er fragt mich, was das ist. Ich sage ihm, es sind weder Orangen noch Mandarinen noch Zitronen. Er zieht ein Gesicht wie ein Alter ohne Familie. Dann steigt er vom Baum herunter und läuft einer Frau hinterher, die eine prall gefüllte Plastiktüte trägt. Die Frau geht auf eine Seite und ich denke, dass alles hier auf der Seite ist, seit wir das Haus der Großmutter verlassen haben. Der Junge erreicht die Frau: »Señora, soll ich Ihnen helfen?« Sie schaut ihn an, holt eine Münze aus ihrem Ausschnitt hervor, gibt sie ihm und er trägt ihr den Beutel auf dem Kopf. Sie laufen zusammen und lachen sich tot. Also, in Wahrheit lacht nur der Junge, die Frau hat ein Zitronengesicht und hält alle drei Sekunden an, um eine Möhre hier, eine Tomate da zu kaufen. Avocados kauft sie nicht. Sie sagt, beim letzten Mal seien sie ihr verdorben.

Ich mag diesen Ort, denn die Sonne ist größer als die bei unserem alten Haus, es gibt mehr Bäume und mehr Kinder, manchmal bin ich es leid, mit meinem Bruder zu spielen. Mir ist heiß und die Haut juckt. Hinter dem roten Willy ist die Straße voller Staub. Meine Mama ruft vom Balkon, dass das Essen fertig ist, wir sollen eine Avocado kaufen. Meine Mama stört es nicht, von einem fremden Balkon zu rufen. Ein Haus ist irgendein Ort, wo es eine rufende Mama gibt. Wir kaufen keine Avocado. Wir haben kein Geld. Mein Papa hebt mit der rechten Hand den Koffer hoch und mit der linken die Toronjas. Er sagt immer, er könne mit allem umgehen, aber hier laufe ich hinter ihm und hebe die Toronjas auf, die aus dem Sack herausfallen.

2

Der Junge ist überall Junge, nichts hält ihn davon ab. Er fühlt keine Scham, riecht keine Gefahr. Nur der Schlaf oder das Essen rauben ihm den Raum zum Spielen. Der Junge baut sich ein Haus, wo immer er auch hingeht. Der Junge, mein Junge, wacht mit neuer Energie auf, geht mit dem Stoffpinguin an der Holzwand spazieren, flüstert ihm zu: »Benimm dich gut«, verspricht ihm, bei der Ankunft eine Sonnenbrille zu kaufen.

Zwischen Wasser, Motoren und Vogelgezwitscher höre ich: »Lassen Sie mich bitte durch, danke.« Carmen Emilia kehrt zu ihrem Platz zurück, unter einer unerbittlichen Sonne, eine Haarseite geflochten. Ich lächle. Ich erinnere mich an einen verregneten Nachmittag vor vielen Jahren in Bellavista, wie ich meine Mama bat, mir Zöpfe zu flechten, so wie sie viele Mädchen in meiner Schule trugen. Sie konnte nur Pferdeschwänze machen. Weil ich so darauf bestand, machte sie mir vier unförmige Zöpfe, die mir stechenden Kopfschmerz bereiteten und die halbe Klasse lachte mich aus.

»Die Fahrerin schaffte es nicht, mir die andere Seite zu flechten, wir halten gleich in La Comilona und sie muss sich auf das Boot konzentrieren«, sagt Carmen Emilia.

»Mögen Sie Zöpfe?«

»Ja«, antworte ich.

»Wollen Sie einen?«, fragt sie mit einem großzügigen Lächeln.

Die einfachen Gewohnheiten bleiben: im Fluss schwimmen, Reis mit Käse kochen oder der Nachbarin Zöpfe flechten. Die Zöpfe verbinden die Frau, die die Haare trägt, mit der, die sie ihr flicht, auf eine intime, komplizenhafte Weise: Die Geflochtene lässt ihre Wurzeln erkennen, kniet sich vor der anderen hin, damit sie von ihrer Kraft und ihrem Zauber schöpft. Die Flechtende ist verantwortlich dafür, Wege zu schaffen, Flüsse, Ausgänge im Haar der anderen, sie zu verbinden mit allen Frauen der Welt, deren Haar in der Geschichte geflochten wurde.

Ich lasse die Tüte auf dem Sitz und setze mich in das Boot zwischen die Beine von Carmen Emilia. Es ist mein Spiel, ein Erwachsenenspiel, sage ich dem Jungen, der sich an meine Seite setzt und den Kopf hinhält. Es dauert nicht lange, da bittet er mich darum, ihm einen Zopf zu machen. Er lehnt sich an mich an, der Pinguin fällt ihm aus den Händen, der Junge schläft ein.

»Wie mögen Sie ihn?«

»Sehr. Er mag mich auch sehr«, antworte ich und streichele den Jungen.

»Den Zopf, wie mögen Sie ihn?«

»Ah. Lang.«

An manchen Stellen taucht Land auf und teilt den Atrato in zwei Flüsse. Es erscheinen kleine Inseln, zwingen die Fahrerin dazu, sich zu entscheiden, welchen Weg sie einschlägt. Auf diesen Inseln wächst das Kraut wie das Fell eines Straßenhundes, im Regen gebadet morgens um zehn und um vier Uhr am Nachmittag. Sie sind feucht, unbewohnt, die Inseln, die weder Land noch Fluss sind. Sie sind sie selbst.

Carmen Emilia kämmt mich mit den Fingern, meint, mein Haar sei ausgedörrt oder ich hätte den bösen Blick. Die Lösung sei flüssiges Aloe Vera mit Rosmarinwasser, ich solle mir eine Kur damit ab und zu machen. Dann nimmt sie die Haltung einer Mutter ein, entschlossen, trocken und bestimmend. Sie bittet mich, bis zum Schluss auszuhalten, und holt einige dieser Sprüche hervor, mit denen sich alles, was wehtut, erklären lässt. Carmen Emilia beginnt mir die Haare oberhalb des rechten Ohres zu flechten, sie kreuzt die Finger und bewegt die Strähnen von der einen auf die andere Seite, wie jemand, der den Weg kennt und nicht fürchtet, sich zu verlaufen. Es ist der Rhythmus der schwarzen Frauen von Atrato, wenn sie tanzen oder wenn sie Fisch ausnehmen. Mit diesem Rhythmus rupfen sie die Blätter des Holunders ab, flechten Hüte, drücken Zitronen aus. Bringen den Kindern Schreiben bei. Tanzend trocknen sie sich die Tränen und beten sonntags.

Ich bin müde, eingelullt davon, wie Carmen Emilia mir mit den Händen die Haare flicht. Eine Zärtlichkeit. Ob ich eines Tages so sehr Frau sein werde wie sie, so stark? Die Sonne bleibt hinter ein paar Wolken, der Schatten ist erfrischend. Trotz des Lärms der Motoren ertappe ich mich dabei, wie mir die Augenlider schwer werden. An dem Punkt, wo ich gerade dabei war, nachzugeben, spricht Carmen Emilia.

»Und der Papa des Kindes?«

»Sie hat ihn nicht gewollt, so sagte die Mutter.«

»Und warum haben Sie sich nicht einen besorgt, um eine Familie zu gründen?«, fragt sie nach. Ein Haar reißt raus. Es tut mir weh, aber ich jammere nicht vor ihr. Ich beiße die Zähne zusammen und antworte, dass die einzige Option eines Vaters, die der Junge hatte, verschwunden ist, wie Kampfer verweht, vielleicht weil in meinen Plänen nie vorkam, den Jungen mit irgendjemandem zu teilen.

Die Fragen von Carmen Emilia gehen mit der Unordnung der Erinnerungen einher. Das Boot fährt voran. Der Fluss macht sich eng, die Blätter der Mangroven und Palmen schirmen uns gegen die Sonne ab, Vögel mit blauen Flügeln fliegen über unsere Köpfe. Andere schauen von den Bäumen her. Die Passagiere schlafen oder beten. Neben dem kleinen Zopf flicht Carmen Emilia noch so einen und noch und noch. Ich komme mit dem Zählen nicht hinterher. Aus Angst oder um nicht einzuschlafen, beginne ich ihr schließlich zu erzählen.

»Nachdem ich mit der Schule fertig war, verließen meine Eltern und ich Bellavista. Sie zogen in ein anderes Dorf, wo der Atrato entspringt, und ich ließ mich in Quibdó nieder. Ich wollte studieren. Ich lernte, Holz zu bearbeiten, baute mehrere Jahre lang Bilderrahmen und stellte aus Stoffresten künstliche Blumen her. Als ich einen Großteil des Geldes für das Studium angespart hatte, klopfte Gina, eine Frau, die in Bellavista meine Nachbarin war, an meine Tür und kam in mein Haus, weinend, mit einem Baby in den Armen. Sie legte es auf mein Bett, sagte, dass sie es nicht behalten könne, sie habe schon drei und nicht genug zu essen für alle. Sie ließ mir den Jungen eingehüllt in eine gelbe Decke.

»Und du hast nichts zu dieser Frau gesagt?«, sagt sie, während sie den vierten kleinen Zopf flicht.

»Ich war sprachlos. Sie umarmte mich und ging fort, schlug die Tür zu und davon wachte der Junge auf und weinte.«

»Ach ja, das ist hier normal. Aber du hast mir nichts von dem Mann erzählt«, sagt sie und flicht einen dickeren Zopf.

»Dieser Mann kam immer spät, mit wirrem Haar, er hatte eine besondere Art, die Kanten des Körpers zu lieben, die Ruhe zu bewahren, auf mich aufzupassen. Aber mein Leben wurde erfüllt von dem Kind. ›Ich weiß nicht, wohin ich dich tun soll‹, sagte ich ihm eines Nachts. Er verschwand vor dem Morgengrauen.«

»Zopf ist fertig«, sagt sie und klopft mir liebevoll auf die Schultern.

Ich höre einen Gesang des Flusses, die Fahrerin am Steuer:

Sauge sauge mein Negrito
An der Brust und deiner Mama
Der Negrito saugt und weint
Denn nichts bringt ihn zur Ruhe
Die Mama hat keine Milch
Denn sie ist trocken wie eine Truhe
Aber Tropfen für Tropfen
Tropft das Blut und die Mama

Die Straße von Quibdó nach Carmen de Atrato, wo der Fluss entspringt, ist eine Linie aus gefährlichen Kurven. Eng, voller Löcher. Die Angst legt sich auf die rechte Seite. Felsblöcke, Bäume näher an der Hölle als an der Straße. Nach Bellavista gelangt man nur über den Fluss. Wenn die Fahrerin einschlafen sollte, können zwei Dinge passieren: Das Boot würde weiter geradeaus fahren, auf Land aufsetzen, die Mangroven sich in der Kleidung verschlingen und uns die Wangen zerkratzen. Ein Schrecken. Wir würden alle das Boot tragen, außer der Junge, und es wieder ins Wasser lassen. Carmen Emilia würde sich beschweren, weil sie ihre Sandalen im Schlamm begraben müsste. Aber wenn das Land nicht auf Höhe des Wassers wäre, würden wir gegen eine ockerfarbene Wand, die hinter den Seitenarmen versteckt ist, prallen. Die Frauen, Früchte und ein Kind flögen durch die Lüfte und fielen ins Wasser. Wir würden feststellen, dass die Westen unbrauchbar sind, mein Zopf würde nass, ich würde meinen Jungen in den Wirbeln verlieren, die sich in den Tiefen des Flusses bilden.

Sonne, große Wolken. Sonne. Die Fahrerin drosselt die Geschwindigkeit, nimmt eine Kurve und fährt dicht an die linke Seite des Atrato, wo eine kleine Mole neben einem Holzhäuschen mit Blechdach auftaucht. Die Fahrerin macht die Motoren aus und kommt zu uns. Sie fährt mir mit den Fingern über den Kopf: vier kleine Wege führen zu einem Hauptzopf. Das geflochtene Haar fällt bis zur Mitte der Schultern, auf meine Wirbelsäule. Ein Fluss auf meinem Kopf. Der Junge wacht auf. Als er mich sieht, fängt er an zu lachen und sagt mir:

»Du siehst aus wie ein Dinosaurier.«

Ich gebe ihm einen Kuss, versuche dabei zu erspüren, wie wohl Dinosaurier geküsst haben, und das Lachen des

Jungen löst den Lärm der gerade ausgeschalteten Motoren ab. Seine Sicht auf mein Haar erinnert mich daran, wie ich als kleines Mädchen beim Anblick von Afrohaaren, Baumwipfeln und mit Wasser gefüllten Wolken das Gefühl hatte, zu Hause zu sein.

Es gibt keinen Bauernhof, kein Dorf an diesem im Dschungel versteckten Ort. Gerade mal eine Mole, eine Bude, die zum Atrato blickt, und drei orangefarbene, angemalte Holzhäuser. Eine wilde Blume zwischen viel Grün. Der Stand ist so klein wie ein Zeitungskiosk, mit einem Schild, auf dem steht: La Comilona. Die Fahrerin fragt uns, ob wir einkaufen wollen: Wasser, Kekse, Zucker. Wir murmeln gleichzeitig alle etwas anderes. Der Assistent klettert auf die Mole aus nassem Holz und befestigt mit einem dicken Seil das Kanu an einem Stamm. Aus dem farblosen, verrosteten Stand kommt ein dickes Mädchen hervor mit einem Schwimmring um die Hüfte und ruft uns zu:

»Es gibt nichts.«

»Kommt nicht heute der Kahn mit dem Essen?«, fragt die Fahrerin aus dem Boot heraus.

»Sie haben ihn bei Sarcano aufgehalten. Diese Leute haben alles mitgenommen, hat meine Mama gesagt.«

Mit der rechten Hand an der Hüfte und der linken in der Luft fragt die Fahrerin, ob jemand auf Toilette gehen will. Ich bin die Einzige, die die Hand hebt, und ich sage dem Jungen, er soll mich begleiten. Carmen Emilia bewegt sich in dem Sitz, deutet an, dass ich ihn hierlassen soll. Sie passe auf ihn auf, klar. Ich sage ihr, nein, danke. Ich brauche jemanden, der ein Handtuch davorhält. Dann aber wird er mich nicht einmal gut schützen, weil er die Augen nicht von dem Mädchen mit dem Schwimmring lässt. Die Fahrerin steigt ebenfalls aus dem Boot, geht über die Mole und bleibt vor dem Mädchen stehen, das die Tür der Bude nicht verlässt.

»Wo hast du denn den her?«, fragt die Fahrerin das Mädchen, ohne die Hand von der Hüfte zu nehmen. Sie wurde anscheinend so geboren.

»Ich hab ihn am Sonntag beim Baden im Fluss gefunden. Vor einer Weile hab ich ihn mir angezogen, aber er geht selbst mit Seife nicht mehr ab.«

Der Junge und ich gehen an der Fahrerin vorbei. Wir verstecken uns hinter der Bude. Niemand kann uns hier sehen, aber für den Fall bleiben wir bei unserem Vorhaben. Der Junge dreht sich mit dem Rücken zu mir, legt sich das Handtuch wie den Umhang eines Superhelden um und als ich sage »Los«, öffnet er ihn, als wären es Flügel. Er sagt, ich soll ihm nicht die Schuhe nass machen wie beim letzten Mal. Mein Lachen macht unser Ritual zunichte. Mir tun die Beine weh, ich habe kein Gleichgewicht mehr und versuche, an Wasserfälle zu denken.

»Konzentrier dich, Ma. Mir tun die Hände weh.«

Der Junge verdreht schon das Tuch, man wird mich sehen. Die Hitze steigt mir zu Kopf, ich werde rot.

»Fertig?«, fragt er.

»Nein«, antworte ich.

Er fragt noch zweimal nach und beim dritten Mal sage ich ihm, er soll bis zehn zählen.

Ich bin fertig, wir legen das Handtuch zusammen und laufen bis zum Eingang der Bude. Das Mädchen und die

Fahrerin versuchen den Schwimmring, der den kindlichen Bauch einzwängt, abzumachen. Der Junge, der sich für sehr schlau hält, schleicht sich ohne die Erlaubnis der in Not geratenen Aufpasserin in die Bude.

»Es gibt also nichts?«, fragt der Junge von innen heraus. Ich sehe sein Köpfchen, wie es sich von einer Seite zur anderen bewegt, er sucht.

Das Mädchen ruft, dass niemand da sein darf ohne die Erlaubnis seiner Mama. Sie geht hinein, die zwei Köpfe bewegen sich, sprechen leise. Ich bitte den Jungen, herauszukommen. Zuerst erscheint das Mädchen mit einer Büchse Sardinen und einem runden Brot in einer durchsichtigen Tüte.

»Das war übrig«, sagt sie und bietet mir ihr grimassenhaftes Lächeln an.

Die Fahrerin, die vor einer Weile verschwunden war, kommt vom Boot zurück mit einem vollen Beutel. Ich kann ein paar Bananen und Reis sehen.

»Bis das andere Kanu kommt«, sagt die Fahrerin und lässt den Beutel auf dem Boden neben dem Mädchen stehen, »bring das deiner Mama.« Das Mädchen nimmt den Beutel, lässt ihre Zahnlücken sehen und geht, immer noch im Schwimmring eingeklemmt.

Für den Jungen betrete ich die Bude, er erschreckt mich mit einem Schrei.

»Señora, Sie dürfen da nicht rein.«

»Entschuldigung, Señor.« Ich komme raus und rede mit ihm durch das Fenster.

»Entschuldigung angenommen. Was darf es sein? Eier? Wie viele wollen Sie?«

»Eier werde ich nicht kaufen.«

»Besser so. Es gibt nämlich keine.«

Der Junge rennt zum Boot, das die Motoren schon angelassen hat. Auf der Rückfahrt kommen wir vielleicht wieder in La Comilona vorbei und das Mädchen hat dann den Schwimmring nicht mehr an. Wir kehren zum Fluss zurück wie jemand, der die Tanzfläche wieder betritt und sich vom Rhythmus mitnehmen lässt. Carmen Emilia empfängt uns mit Schelte. Wir seien viel zu spät, die Leute hätten Hunger und einer der Passagiere verpasse seinen Termin im nächsten Dorf.

»Was für einen Termin?«, frage ich.

»Was weiß denn ich? Ich bin doch nicht unverschämt. Warum fragen Sie ihn nicht selbst?«

»Ich weiß ja nicht einmal, von wem die Rede ist.«

»Der in der dritten Reihe, mit dem Hut. Glotzen Sie doch nicht so.«

Ich schaue und er schaut mich an, dann schaue ich zu Carmen Emilia und sie schaut auf den Fluss.

»Er sieht traurig aus«, flüstere ich, als ob das meine Unachtsamkeit wiedergutmachen würde. Oder ihre.

»Er ist alt.«

»Vielleicht hat er vom Traurigsein Falten bekommen und selbst wenn er glücklich ist, sieht er so aus.«

»Er wird doch nicht betrunken sein?«

Der Junge ruft »Betrunken! Betrunken!« Und die Fahrerin, die eine privilegierte Aussicht hat – vom Boot aus, auf den Fluss und in die Zukunft –, fragt, wer ist hier betrunken, das sei verboten und wenn er ins Wasser falle, werde sie nicht reagieren. Sie macht ein Drama daraus. Sie hält sich am Kleid fest wie der Junge an meinem, wenn er Angst hat. Der Stoff als Schutz. Ihn nähen, bügeln. Er soll bloß nicht kaputtgehen, kein Chlor drauf tropfen, nicht zu eng werden, mich nicht zu dick machen, so dass ich neuen Stoff nehmen muss. Die Fahrerin öffnet die Hände, lässt den Stoff los und schreit weiter: »Seit ich 25 bin, bin ich nicht mehr geschwommen, Jesusmaria! Ach, wenn er reinfällt. Der Betrunkene soll die Hand heben. Wo ist der Betrunkene?« Der Junge steht auf und hebt beide Hände. Ich weiß nicht, ob der traurige Alte lacht oder schluchzt. Die Fahrerin ruft mir zu, ich solle meinen Betrunkenen auf die Bank setzen und ihm eine Mango geben, damit er nicht stört. Er holt sich selbst die Frucht und setzt sich auf den Boden, um sie zu essen, so gut er kann. Seit drei Tagen hat er einen Wackelzahn.

»Ma, er fällt gleich raus.«

»Nein, Junge, hier ist kein Betrunkener, niemand fällt raus«, sagt Carmen Emilia.

»Der Tahn«, sagt der Junge und zeigt auf seinen Wackelzahn. Die anderen sind gelb vom Mangofleisch.

»Ah, schau mal die Zähne, sieht aus, als ob was von den Bäumen hängt. Wie heißt er gleich?«, fragt Carmen Emilia.

»Na, Mango«, sagt der Junge mit einem Hauch Weisheit.

»Nein, der andere, der aussieht wie Hexenhaar«, beharrt sie.

»Hexenhaar. Oder Greisbart«, sagt er mit kindlicher Demut.

»Mähne, Mähne! Das sagt immer meine Mama«, ruft Carmen Emilia.

»Hast du auch eine Mama?«, fragt der Junge. Wir schauen sie an, wollen ihre Geschichte, aber sie sagt:

»Welcher ist der Wackelzahn?«

Die Nachmittagswolken um den Atrato sind orangefarben oder rosa, und wenn sie sehr voll mit Wasser sind, grau. Die Hitze sinkt mit der Sonne, aber das Stickige verlässt uns nie, wie das Klebrige auf der Haut und der Schweiß auf den Lippen. Wir sind bereits Experten. Eines Nachts erschien er neben meinem Bett und tippte mich dreimal an und hielt den Zeigefinger auf den Lippen.

»Ma, etwas bewegt sich.«

»Das ist der Wind.«

»In meinem Mund?«

Ich machte die Lampe an, nahm eine Lupe von meinem Nachttisch und schaute seinen ersten Wackelzahn an. Der Junge bewegte mit der Zunge einen seiner oberen Schneidezähne vor und zurück.

»Was machen wir?«, sagte ich durch die Lupe blickend.

»Du bist die Mama«, antwortete er.

»Haare von Mama, Pyjama von Mama, Hände von Mama. Du hast recht, ich bin die Mama.«

Ich trug ihn in die Küche. Aus der Gefriertruhe holte ich zwei Kokoseis und setzte mich auf die kleine rote Bank. Er, sich auf den Boden.

»Wer zuerst aufgegessen hat, gewinnt eine Überraschung«, sagte ich und biss ins Eis.

Einige Minuten später verlangte er mit dem Zahn in der Hand nach seinem Preis. Ich sagte ihm, er muss ihn unter sein Kopfkissen tun und drei Tage warten. Weil er so klein war, wusste er nicht, dass ein Tag ausreicht für die Ratte Pérez. Aber ich, als Abgesandte der Ratte, brauchte das, drei Tage, um ein paar Kunstblumensträuße zu machen und sie an irgendeine vornehme Señora zu verkaufen, um ihm ein Geschenk zu kaufen.

Die letzten Jahre habe ich damit verbracht, Bilder zu rahmen. Die Bäume, die Farbe des Flusses und das Boot erinnern mich an die Aufträge, die ich noch zu erledigen habe: ein sehr großes Foto einer hochschwangeren Frau, das Gemälde von drei Paradiesvögeln in einer für sie zu kleinen Vase, eine Kreuzstich-Stickerei mit dem Bild eines Pferdes.

Mit dem Geld von diesen drei Rahmen werde ich dem Jungen neue Schuhe kaufen, wieder grüne. Wenn sich der Junge nach einem Spielzeug sehnt – und mir fehlt das Geld dafür im Moment –, statte ich Nachbarinnen und alten Freundinnen Besuche ab. Ich nehme mich ihrer Wände an, äußere mich zu ihren Rahmen und rege an, sie auszuwechseln, weil es an der Zeit sei, sie könnten jeden Augenblick herunterfallen, es bringe Unglück, zerbrochene Rahmen zu haben. Manche haben mich gefragt, ob das nicht nur bei Spiegeln passiere. Ich bin schockiert wie eine Theaterschauspielerin und erzähle ihnen, dass das Unglück bei Rahmen doppelt so groß sein kann. Ich habe Erfolg. Sie bekommen neue Rahmen und der Junge Spielzeug oder Schuhe oder Märchenbücher. Holzstücke sind im Raum verstreut, Säge, Hammer, Winkel, Vierkant, Stifte zum Befestigen und Karton: für die Bilder. Schere, farbiger Stoff, Kerzen, Farbe, Band, Draht und künstliche Blütenstempel: für die Blumen. Meine Werkstatt befindet sich in der Garage des Hauses. Dort verbringe ich die meiste Zeit. Ich vertiefe mich in das Sägen von Holz, manchmal, je nach Kunde, in das Schnitzen kleiner Blumenfiguren. Ein Foto oder ein Gemälde ohne Rahmen ist schwerelos und allein. Unvollständig. Der Rahmen begleitet es, beschützt es und misst ihm Wert bei. Der Rahmen als Huldigung.

3

Eine graue Wolke steigt aus der Mitte des Dschungels auf. Carmen Emilia meint unbekümmert, dass die Leute Müll verbrennen würden. Die Fahrerin drosselt die Geschwindigkeit. Wir sehen zwei Titi-Affen, die zwischen den Bäumen spielen, aus vollen Lungen schreien, Nahrung suchen. Der kleine Titi-Affe hält sich am Rücken des großen fest, zusammen schaukeln sich die beiden von Ast zu Ast eines Abarco-Baumes. Der Junge schaut ihnen zu und lächelt unschuldig. Ich versuche, die Angst zu überwinden und so zu tun, als wären wir auf einem Ausflug. Ich schaffe es nicht, halte Ausschau, ob nicht irgendein seltsamer Kahn auftaucht, ob es vielleicht Stämme gibt, die gleich umfallen, Vögel auf ihn einhacken, die Fahrerin nicht einschläft.

Ich betrachte den grauen Rauch zwischen den angemalten Wolken des Nachmittags.

»Ma, heißt die Fahrerin Alba?«
»Nein.«
»Alma?«
»Nein.«
»Ana Francesca?«
»Nein. Das sind deine Lehrerinnen.«
»Darf ich sie fragen, wie sie heißt?«, flüstert er mir ins Ohr.

Ein grauer Kahn, zweimotorig und mit schwarzer Plane, fährt an uns in entgegengesetzter Richtung vorbei. Er ist kleiner als unser Boot. Ich sehe gerade noch die grüne Kleidung der Passagiere, Männer mit roten Halstüchern, die den Blick nicht senken und auch nicht grüßen. In Sekunden sind sie an uns vorbei. Der Junge ruft »Adiós« und winkt. Ich verbiete es ihm nicht, ich wüsste nicht, wie ich ihm erklären soll, dass er sie nicht grüßen darf.

Er stellt sich hin und ist entschlossen, den Namen der Bootsführerin zu erfahren, er richtet seine Schwimmweste, bevor ich es tun würde, und sagt, er komme gleich wieder. Er bittet in jeder Reihe um Erlaubnis, die Mitfahrenden reichen ihm die Hand und halten ihn, während er von Bank zu Bank geht. Mir frieren die Füße ein und die Hände schwitzen. Der Junge geht lächelnd durch die fünf Reihen zur Fahrerin. Er schaut mich an und spricht. Er zeigt auf mich und spricht. Was sagt er ihr gerade? Dass ich ihn geschickt habe, nach ihrem Namen zu fragen? Ob sie Lehrerin ist? Fragt er sie nach dem Rauch? Die Fahrerin lächelt, legt ihre Hand auf seinen Kopf und ruft ihren Assistenten. »Amable, komm mal her.« Und Amable, der in der dritten Reihe versucht, ein Radio zum Laufen zu bringen, das älter ist als der Motor, kommt sofort.

Amable könnte der Sohn der Bootsführerin sein. Wenn er es wäre, hätte er geantwortet »Ja, gleich« und erst beim dritten Ruf reagiert. Dem Glanz in seinen Augen und dem Rhythmus seines Ganges nach, so wie er gezeigt bekommen hat als tapferer Mann zu gehen, ist er 17 oder 18 Jahre alt. Die Fahrerin spricht mit ihm, aber der Fluss lässt mich nichts verstehen und ich kann den beiden auch nicht von den Lippen ablesen. Es ist das erste Mal auf der Reise, dass der Junge von mir getrennt ist. Ich rücke meine Schwimmweste zurecht, verberge damit meine Angst und flüstere mir einen Vers, ein Gebet zu, um sie zu vertreiben: »Und blicke mit Unschuld auf alles. Als ob nichts geschehen würde, denn so ist es allemal.« Auf dem Buchrücken einer Anthologie, die auf unserem gemeinsamen Nachttisch ruht, steht dies geschrieben. Poesie und Spielzeugautos, Dinge, die du einmal aufziehst und die dann eine Weile von allein im Haus herumfahren.

Amable nimmt den Jungen an die Hand und setzt sich mit ihm in die dritte Reihe. Ich bin in der ersten. Er sagt ihm, er soll den Knopf vom Radio drehen, bis es auf Empfang ist. Es beruhigt mich, sie zu hören, eine Person trennt uns voneinander, eine Dame sitzt zwischen uns. Das Radio funktioniert nicht, aber die Geräusche des Flusses beginnen sich mit Frauengesängen aus dem Dschungel zu mischen. Hinter einer Biegung taucht der Ort auf.

Rauch steigt über den Baumwipfeln auf. Alle schauen auf die graue Wolke und ich auf sie. Wir sind wieder Kinder, wenn wir in den Himmel schauen. Und wenn Gefahr besteht. Die Fahrerin schaltet den Motor aus und lässt den Fluss uns näher an den Hafen von Beté bringen. Sie redet mit uns, als wären wir alle so klein wie der Junge, und sagt, dass wir erst aussteigen sollen, wenn sie uns ein Zeichen gibt.

Im Hafen liegen ein rostiger Kahn und zwei kleine Kanus, beladen mit Chontaduros. Wenn sich das Boot an der Mole festsetzt, greift Amable mit der Hand nach einem

Baumstamm und schlingt ein dickes Seil darum. Er bindet das Kanu an, als wäre es ein Dorfpferd. Während ich auf den Befehl zum Aussteigen warte, betrachte ich die Sängerinnen, die Cantaoras: drei Frauen, die mit Eimern Wasser aus dem Fluss schöpfen. Zöpfe bis zur Taille. Hinter ihnen reihen sich Frauen, sie singen und reichen das Wasser weiter. Es sieht eher aus wie ein Mondritual als das Löschen eines Brandes. »Ma, was spielen sie da?«

Carmen Emilia nimmt die Hand des Jungen und sagt ihm, dass es gebrannt hat, dass die Damen Wasser schleppen und singen, damit es regne, alle Häuser seien aus Holz und wenn eins brenne, würden zehn abbrennen. Aber wenn der Rauch so dunkel sei, bedeute dies, dass es kein Feuer mehr gebe, und jetzt müssten nur die Kohlen auskühlen, damit sie nicht erneut Feuer fingen. Wir alle im Boot hören zu, nicken und schauen zum Himmel.

Die Reihe der singenden Frauen verschwindet im Dickicht. Von der Mole aus sehe ich nur Bäume und ein paar von der Sonne des Tages aufgeheizte Wellblechdächer. Wir steigen schweigend aus dem Boot und begeben uns Richtung Rauch. Amable bleibt im Boot, deckt die Sitze, die nicht überdacht sind, mit einer schwarzen Plastikplane ab, für den Fall, dass die Gesänge Wirkung zeigen. Die Zwillingsschwestern laufen Arm in Arm, langsam, die Schritte zählend. Eine der beiden, Rossy, verzieht das Gesicht vor Schmerzen, vielleicht ist es wegen des Rauches, der in die Augen geht, in den Rachen und die Haare.

Der Junge hält sich die Nase zu, macht es Carmen Emilia nach. Ich folge dem Beispiel der beiden, während wir den

Fluss hinter uns lassen. Sechs Uhr Nachmittagslicht. Ein gepflasterter Weg mit Sträuchern führt uns zur Hauptstraße von Beté. Vor uns zwei Häuserreihen. Zur Linken: sieben abgebrannte Häuser, ein Loch und drei weitere, intakte Häuser. Zur Rechten: zehn vollständige Häuser. Die Leute auf der Straße rennen hin und her, zwischen dem Friedhof aus verbranntem Holz, geschmolzenen Plastikstühlen, Kissen, rauchfarbenen Pfannen, dem Fetzen eines Schulbuches, das nicht vollständig verbrannte. Mit dem Jungen an meiner Hand trenne ich mich von der Gruppe und gehe bis zu dem ersten verbrannten Haus, wo ein Mann kniet und mit einem Messer in ein Stück Holz schreibt: Juan Paulino.

Mir brennen die Augen, der Junge weint, ihm brennen auch die Augen, vor Rauch und Schlaf. Der Brand vernichtete mehrere Holzhäuser und einen Friseurladen. Das Haus, das als Herberge diente, brannte als drittes. Das erzählt ein Mädchen dem anderen, während es versucht, die Schublade eines rußgeschwärzten Nachttisches zu öffnen. Andere schleppen Matratzen und Bettdecken. Sie behaupten, nicht einmal die Nachrichten würden über ihr Unglück berichten und die Hilfe aus Quibdó reiche nicht aus.

Die Fahrerin geht zu dem Mann, der Namen in das verbrannte Holz schreibt, kniet sich neben ihn unter den dunklen Himmel, sie reden eine Weile miteinander. Als sie zurückkehrt, sagt sie uns, dass wir uns auf die Häuser im Dorf aufteilen werden. Wir sollen schauen, wo wir die Nacht verbringen, schlägt sie vor, morgen früh dann aufstehen, helfen, wo wir können, und am Nachmittag um zwei Uhr losfahren. Wir stimmen alle zu außer Carmen Emilia, die sich von der Gruppe entfernt, losgeht und vor sich hin murmelt.

Beté ist groß, ein Morast. Das Feuer hat Häuser in der Hauptstraße abgebrannt, die einzige Straße der Siedlung, in der der größte Teil der Bevölkerung lebt. Die Traditionellen und das Volk der Embera, die misstrauisch das Wissen ihrer Vorfahren hüten, bleiben im Dschungel und erscheinen einmal in der Woche im Dorf, an den Sonntagen.

Die Nacht bricht über uns herein, Amable und die Fahrerin kennen das Dorf und den gesamten Morast. Sie sind unbesorgt, alle würden sich hier helfen, meinen sie. In den Gemeinden am Fluss sind alle eine Familie: Neffe, Nachbar, Freund, Bruder. Immer kommt einer über den Fluss an oder fährt ab in ein anderes Dorf. Und der Fisch wird geteilt. Wir laufen im Gänsemarsch durch die Dunkelheit, mit unsichtbarem Abstand, Frösche quaken und Grillen zirpen. Die Schlangen verstecken sich, wie Hexen, und greifen nur an, wenn man sie stört. Bei den Häusern, die nicht abgebrannt sind, wird unser Schritt schleppend, wir fühlen uns durcheinander, störend, von der Traurigkeit der anderen angesteckt.

Die Fahrerin lässt Leute bei den Türen stehen, als ob sie Milchflaschen wären, Eier oder die Tageszeitung. Sie hält uns ein paar Meter zurück, klopft an, spricht mit der Frau, die öffnet – es ist immer eine Frau –, und dann wählt sie jemanden aus der Reihe aus. »Sie schlafen hier.« Carmen Emilia wartet nicht, schleicht sich in ein Haus, das von Zitronenbäumen umgeben ist und bewacht von einer

Jungfrau mitsamt zwei ausgelöschten Kerzen. »Ich bleibe hier«, ruft sie durch ein Fenster und verschwindet. Amable bleibt im Haus einer Chola mit schwarzem Haar, Ahnenhalsketten, barbusig, sie trägt ein nacktes Baby.

Der Junge, die Fahrerin und ich sind die Letzten. Am Ende der Straße, ein Haus mit bernsteinfarbener Tür. Die Fahrerin tritt ein und ruft: »Señora Neida!« Ich warte. An meinem rechten Arm hängt die Tasche und an der Hand der Koffer, mit der linken halte ich den Jungen fest. Zwischen meinem Kleid und meiner Schulter bahnen sich Schweißtropfen ihren Weg und kitzeln mich. Erst beim Stehenbleiben beginnt mein dampfender Körper zu schwitzen. Eine Frau nimmt mir den Koffer ab, geht ins Haus und sagt:

»Ihr seid vom Boot? Kleine, folge mir!«

Drinnen sitzt die Fahrerin wie eine Bienenkönigin und fächert sich mit einem Hut Luft zu. Die beiden umarmen sich und Señora Neida redet, während sie einen Stuhl aus der Küche holt.

»Gefährtin, können Sie das glauben? Sieben, sieben Häuser abgebrannt. Eine angezündete Kerze, es ist immer eine Kerze. Kein Haus, kein Gebet. Und was macht man dann? Eine Kerze anzünden, um für ein neues Haus zu beten? Deshalb zünde ich keine Kerzen an, nein. Wir mussten heute zwei Höfe begraben, damit das Feuer nicht alles mit sich reißt. Neun, neun Häuser haben wir heute verloren.«

»Resignation, Gefährtin Neida.« Das ist das Einzige, was die Bootsführerin sich erlaubt zu sagen.

Die Kargheit des Ortes tut weh. Nicht weil Möbel fehlten, sondern weil die, die da sind, verrostet sind. Neben der Tür ein Metallregal mit grünen Bananen und zwei Bündel Koriander aus Chocó. An der Wand gegenüber ein Bild mit einem Paar, sicherlich die Señora Neida und ihr Mann. Beide jung, vielleicht verliebt. Darunter ein kleiner Plastiktisch, auf dem ich einen Kamm sehe – voller Haare – und zwei Zeitschriften, Kataloge mit Anziehsachen. Es ist Nacht und vor dem Eingang des Hauses lüften keine Stiefel: ihr Mann muss gestorben sein.

Señora Neida bittet mich, Platz zu nehmen, der Junge klettert auf meinen Beinen hoch und umarmt mich. Sein Hemd mit Mangoflecken riecht nach Schweiß und Rauch.
»Seit wann sind Sie mit dem kleinen Jungen?«, fragt sie die Fahrerin.
»Er ist von der jungen Frau«, sagt sie und streckt die Beine lang.
Beide schauen mich an, und ich, wenngleich stolz, wünsche mir, dass sie keine Fragen stellen. Es ist mir egal, ob Señora Neida denkt, ich hätte es gestohlen. »Haben Sie Hunger?«, wechselt Señora Neida das Thema. »Es gibt frische Cachama.«
»Ja«, antwortet der Junge und springt von meinen Beinen auf den Boden.
»Der Fisch hat viele Gräten«, antworte ich.
»Dann wird er eben lernen, damit klarzukommen. Wenn er sich verschluckt, geben wir ihm eine Banane«, sagt Señora Neida.
Die beiden Frauen tauchen in der Küche ab. Ich lasse den Jungen, der mit dem Pinguin spielt, im Wohnzimmer und gehe ihnen hinterher. Ich will helfen, den Ofen an-

zumachen, Mutter sein. Señora Neida fragt mich, was ich kann, während sie die Cachama vorbereitet. Unbekümmert, mit der Schnelligkeit einer Nähmaschine, führt sie das Messer von den Kiemen bis zum Schwanz. Mit der linken Hand hält sie den Fisch fest und mit der rechten schneidet sie. Ich koche nicht so gut und meine Topinambur fallen auseinander. Aber dem Jungen schmecken sie. In einem Korb sehe ich ein paar weiße Zwiebeln, ich will sie klein schneiden, weinen, einen einfachen Salat machen. Wir kommen überein, dass ich den Holztisch, der in der Küche steht, heraustrage und ihn decke, damit wir gemeinsam essen.

»Ma, hast du die Fische gesehen?«

»Ja.«

»Sind sie groß?«

»Der Kopf und der Schwanz passen nicht mehr auf den Teller«, sage ich zu ihm mit geöffneten Armen.

»Kann ich meinen mit dem Pinguin teilen?«

»Ja.«

Und die frittierten Fische werden mit Reis, Salat aus Zwiebeln und grüner Tomate, frittierten Kochbananen – ganzen, runden, abgeflachten Patacones – und Zitronenspalten serviert. Vier volle Teller. Wir setzen uns an den Tisch, so klein ist er, dass unsere Beine sich darunter verheddern. Bevor sie uns zum Essen auffordert, dankt Señora Neida Gott, denn ihr Haus blieb vom Feuer verschont. Der Junge kann nicht glauben, dass er auf seinem Teller zwei ganze, gepanzerte Patacones hat. Die Frauen beginnen zu essen und ich schneide den Fisch des Jungen auf, um die Gräten zu entfernen. Ich mache hinter dem

Kopf einen Schnitt und einen vor dem Schwanz, das Skelett geht leicht ab und ein Bett aus weißer, zarter Haut kommt zum Vorschein. Die Gräten lege ich auf meinen Teller und bereite ihm aus dem Fisch kleine, ungefährliche Happen.

Das Haus der Señora Neida besitzt zwei Zimmer, Küche, einen Wohnraum, der Esszimmer und Lager und bei Bedarf Gemüseladen ist. Es gibt auch einen hinteren Hof, der in den Dschungel übergeht, wo der Morast beginnt.

»Sie schlafen bei mir, im Ehebett«, sagt die Señora zur Fahrerin.

»Und ich?«, fragt der Junge.

»In dem hinteren Zimmer«, antwortet sie und streichelt ihn am Ohr. Señora Neida, in knielanger, fuchsfarbener Elastikhose und weißer Bluse, sagt, dass wir, der Junge und ich, diese Nacht wie Könige schlafen werden. Wir laufen durch einen dunklen Korridor, der uns zu einem Zimmer mit Fenster führt, wo die Blätter einer Palme hineinrutschen. Es gibt nur einen kleinen Tisch mit Körben darauf und in den Körben: trockene Zweige von Rauten und Malven. Aus einem alten von Termiten zerfressenen Schrank holt die Señora eine große Kiste, wie für Spielsachen, auf der steht: aufblasbare Matratze.

»Seht mal, das ist die einzige im Dorf. Und sie ist noch neu und unbenutzt.«

Die Fahrerin und der Junge helfen dabei, die platte Matratze herauszuholen, die wie ein mexikanischer Burrito zusammengerollt ist. Ich fege und bereite die Fläche vor. Wir breiten sie auf dem Boden aus und der Junge sich auf ihr. Señora Neida sagt, nein, Junge, noch nicht. Sie nimmt die Kiste, sucht besorgt nach der Anleitung und findet sie nicht.

Diese Matratze lässt sich nicht so aufblasen wie der Schwimmring des Mädchens in der Bude. Eine Luftpumpe ist nötig und die Señora hat keine. Die Fahrerin bückt sich, presst die Lippen auf das Ventil der Matratze und pustet. Nach fünf Versuchen fällt sie mit dem Rücken an die Wand und fächert sich wieder mit dem Hut Luft zu. Der Junge tut es ihr nach. Señora Neida und ich auch. Eine halbe Stunde später liegen wir alle ausgestreckt im Zimmer, ausgelaugt, ohne Puste und sehen Sternchen.

Wir beschließen, dass nach einem Brand eine platte Luftmatratze nicht das Schlechteste ist. Die Frau legt ein Kissen und ein geblümtes, ausgebleichtes Laken darauf, damit wir uns zudecken können. Die beiden Frauen gehen. Ich hole die Zahnbürsten hervor und die Zahncreme. Wir laufen auf Zehenspitzen bis zur Küche, dem ordentlichsten Raum im Haus, ein Altar. Die Glühlampe, ein Faden an Licht, reicht nur noch ein paar Nächte. Überall sind Töpfe. Holzofen, Herdplatte, um Fleisch zu räuchern, und ein Waschbecken. Die Frau hat uns ein Gefäß mit sauberem Wasser hingestellt. Creme auf die Zahnbürste und Zahnbürste in den Mund. Der Junge tanzt, ich lächele und alles ist eine Choreografie: sich baden, essen, Nägel schneiden. Als wir den Mund voller Schaum haben, erscheint sie: eine fliegende Kakerlake lässt sich auf der Glühbirne nieder, springt von Topf zu Topf, klebt sich an mich. Nein, sie klebt nicht, sie packt mich am rechten Arm, als ob es ihrer wäre. Ich schreie, springe, weine. Mit einem Hieb schlage ich sie in die Ecke und der Junge zertritt sie gelassen mit seinem grünen Schuh.

»Ma, du bist doch schon groß, Kakerlaken beißen nicht. Sie sind nur hässlich.«

Ich kann nicht immer stark und mutig wie eine echte Mutter sein. Ich versuche es, ich schwöre, ich versuche es. Mama sein – so tun, als ob du die Angst besiegst und bei den Spielen verlierst. Manchmal fühle ich, dass ich aus ihm geboren wurde. Wozu diese kleinen Hände, so blass, zitternd? Obwohl ich es versuche, bin ich nicht wie die Señora Neida oder die Fahrerin.

Wir baden uns in Antimückenschutz, gehen ins Zimmer zurück und legen uns auf der platten Matratze schlafen. Der Regen fällt auf das Wellblechdach. Der Junge kuschelt sich bei mir ein und umarmt seinen Pinguin. Zwischen der klebrigen Hitze und der Angst, dass ein Tier durchs Fenster kommt, entscheide ich mich für frische Luft beim Schlafen. Das Licht, ich habe vergessen, das Licht auszumachen. Die Hand von Señora Neida erscheint und macht es aus.

Ich wache allein in einem Bett auf, das wie ein Unfall aussieht. Der Wind bewegt die Palme vor dem Fenster. Ich schaue hinaus und atme die Gerüche eines frischen Morgens mit vielen Wolken. Ich trete aus dem Zimmer heraus, reibe mir die Augen und sehe den Jungen, irgendeine der Frauen hat ihn gebadet und angezogen, er spielt mit einer Angelrute. Juan Paulino, den wir gesehen haben, wie er seinen Namen in das Holz schrieb, weist ihn ins Angeln ein. Der Junge bemerkt, dass ich ihn beobachte, und sagt, dass er keine Angst vor Fischen habe, auch nicht vor dem Fluss und auch nicht vor Kakerlaken. Alle mein Ängste kommen mir teuer zu stehen.

Señora Neida und die Bootsführerin bringen zwei Teller voller frittierter Kochbananen und salzigem Käse: das Frühstück. Diesmal setzen wir uns nicht an den Tisch, jeder isst, wo es ihm gefällt. Kochbanane, Käse drüber. Den Haufen überreiche ich dem Jungen, der ihn mit der linken Hand hält und die Angelrute mit der rechten. Ich kehre zum Tisch zurück neben die in rot gekleidete Fahrerin mit den gleichen Flipflops. Die Patacones sind knusprig, reife Bananen des Dschungels von Chocó. Der salzige, ebenfalls frittierte Käse trieft bei jedem Bissen über dem Teller.

Neben mir wiegt sich Señora Neida zum Rhythmus einer einsamen Klarinette in der Nachbarschaft, die eine Chirimía einübt. Juan Paulino, der an der Tür des Hauses lehnt und kaut, dankt für das Frühstück und sagt zu der Bootsführerin:

»Da ist man so arm und dann passiert einem so etwas. Mein Haus war das zweite, das abgebrannt ist, es hat Feuer gefangen von einem anderen, denn dahinter war ein Haufen voll Holz zum Verkaufen. Der Wille Gottes ist allmächtig und alles hat ein Warum. Ich trinke nicht, ich rauche nicht, zahle an die Gemeinde, damit ich Holz schlagen kann. Es ist die Rechnung, die ich zu bezahlen habe: Früher hatte ich ein Boot, aber ich habe im Coca-Geschäft angefangen zu arbeiten. Manchmal denkt man nicht nach. Dann starb mir ein Sohn und solche Schläge lassen einen verstehen. Gestern Nacht hat jeder seinen Namen in das verkohlte Holz geschrieben. Ich werde von diesen Stämmen retten, was noch zu retten ist. Mit der Motorsäge werde ich sie schälen wie eine Yucca. In der Mitte sind sie bestimmt nicht so verbrannt. Mal schauen, ob ich mir ein Stück draus mache.«

»Das Leben ist eine wilde Sache. Wenn Sie wollen, bleiben Sie, während Sie ihr Stück machen. Und helfen Sie mir gefälligst, diese Luftmatratze aufzublasen«, sagt Señora Neida, sie lässt die Einladung in der Luft hängen, isst das letzte Stück Banane und wischt sich die Hände an ihrer Schürze ab. Mit drei Schritten gelangt sie zu dem verkohlten Korb neben der Tür. Sie schaut Juan Paulino nur aus den Augenwinkeln an, dreht ein paar noch harte Avocados um. Er blickt sie auch kaum an, antwortet, als ob er mit dem Heiligen Geist rede. Er sagt, ja, danke, er helfe ihr mit dem Matratzending. Die Fahrerin schaut beide wortlos an, kaut und trinkt sehr langsam, die ersten Schweißtropfen rinnen ihr über die Schläfen.

Ich bringe die Teller in die Küche, schrubbe und wasche, stelle sie auf ein Sims, damit sie trocknen, während ich den Tisch sauber mache. Ich kehre in das Wohnzimmer zurück, der Junge sagt mir, dass er zum Fischen mit Onkel Juan Paulino geht, der ihn in den Morast eingeladen habe. Er fragt mich nicht um Erlaubnis. Das macht er nie, wir sind immer zusammen, und wenn er auf der Straße spielt, schaue ich ihm vom Fenster aus zu. Früher wollte er immer bei mir sein. Jetzt, wo ich daran gewöhnt bin, dass er immer da ist, bin ich es, die nicht ohne ihn sein kann. Mich macht es schwindlig, ihn nicht zu spüren. Ich frage, ob ich mitkommen kann, zuschauen, und sie sagen Ja, gehen wir schnell los, es wird spät.

Die Fahrerin sagt, sie werde Amable suchen, um zu schauen, wie sie denen vom Feuer helfen könne.

»Ich bleibe hier und erfülle meine Pflichten, bei so viel Besuch bin ich nicht dazu gekommen zu fegen, ich schäme mich für das Bad, ganz zu schweigen von der dreckigen Wäsche«, sagt Señora Neida.

Seine Pflichten erfüllen. Das hörte ich von meiner Mama. Hilf mir bei meinen Pflichten, ich bin nicht fertig mit meinen Pflichten, es ist an der Zeit, dass du lernst, deine Pflichten zu erfüllen. Fegen, Bäder putzen, wischen, staubwischen bis zum unbedeutendsten Regal im Haus. Als mir der Junge übergeben wurde, habe ich eine andere Bedeutung von schicksalshafter Pflicht kennengelernt: das, was geschehen muss, was geschrieben steht. Kann ich von Schicksal sprechen als einem Spiel, bei dem der Junge mit mir zu Hause bleibt, für immer fegt und Geschirr spült?

Ich packe zusammen und wir verlassen mit Juan Paulino das Haus. Ich laufe schnell hinter dem Jungen her, Mamas laufen immer schnell, immer hinterher. Spürt sich eine Mutter eigentlich überhaupt? Der Dschungel ist feucht vom Regen der gestrigen Nacht. Die Sonne lugt mit falscher Bescheidenheit durch die Wolken. Wir gehen über eine Holzbrücke, die umgeben ist von moosbewachsenen Stämmen und herzförmigen Blättern – den größten, die ich je gesehen habe –, Epiphyten, Blattbüschel, die wie die Krone einer Ananas aussehen: Sie wachsen aus den Baumstämmen und leben dort wie ein Schloss am Rande einer Klippe. Alle Pflanzen dieses Dschungels vereinigen sich, damit eine Orchidee entsteht, bunte Glühbirnen inmitten all des Grüns. Ich höre die Stimme des Jungen, sie ruft mir zu, dass er Blumenohren gefunden hat. Ich gehe einige Meter weiter und finde ihn auf dem Brückengeländer sitzend, wie er einen Baum umarmt und den Blättern zuflüstert: »Ich habe einen Wackelzahn.«

Sehr theatralisch hebe ich ihn vom Geländer herunter und sage ihm, dass er zu den Blättern von der Brücke aus sprechen kann, dass es gefährlich ist, hier hochzuklettern.

»Ma, habe ich dir schon gesagt, dass ich einen neuen Wackelzahn habe?«

»Und was wünschst du dir von der Zahnratte?«

»Na, noch einen.«

Wir kommen zu Juan Paulino, seine Haut wie schwarzes, mattes Leder, gespannt und fest wie bei einem alten Pferd, sein ärmelloses Hemd lässt wie vom Holz geschmiedete Muskeln erkennen. Runde, traurige Jungenaugen in Nahaufnahme, die er in einem sicheren, schweren Schritt versteckt. Der Dschungel klart sich auf, das Wasser vor uns leuchtet mit einer noch jungen Sonne am Himmel. Auf Juan Paulino wartet ein kleiner Kahn mit zwei Fischern, er fragt uns, ob wir einsteigen wollen. Ich sage Nein, besser schauen wir von hier aus zu. Der Junge aber möchte mit.

»Lassen Sie ihn«, sagt er.

»Wir haben keine Schwimmweste mit«, antworte ich.

»Keine Angst, Señora, ich bin ein Freund des Flusses.«

Der Junge greift nach meiner Hand, sagt, dass er mir, wenn ich ihn mitfahren lasse, den neuen Zahn schenkt, sobald er rausfällt. Ich solle Ja sagen, wegen des Schicksals und weil er mich »Señora« genannt hat.

Juan Paulino, der Junge und die Fischer ziehen fort in Richtung Fischschwärme. Alle reden mit ihm, erzählen ihm Geschichten, er ist glücklich. Ich setze mich auf die Treppe, die von der Brücke zum Fluss führt. Grillen singen, Reiher, Störche. Ich habe vor dem Losgehen nicht gebadet. Trage das gleiche, verschwitzte Kleid wie gestern. Ich stelle mir vor, dass ein Kanu mit Wäscherinnen vorbeifährt. Sie folgen mir, ziehen mich aus und waschen mein Kleid. Eine von ihnen taucht es ins Wasser, reibt es mit Seife ein, schrubbt es auf dem Boden des Kanus. Sie zieht es wieder durch den Fluss, wringt es aus und hängt es über den rechten Unterarm. Die Frauen fragen mich, ob ich krank sei, sind sich sicher, dass mir Avocado an den Beinen fehlt, am Gesäß, aber sie loben den Zopf, der immer noch aus meinem Haar geflochten ist. Sie fragen, ob ich irgendein Schlaflied kenne, einen Gesang oder ob ich stumm sei. Sie geben mir süßen Holundersaft zu trinken, kleiden mich an und lassen mich wieder an den Stufen der Brücke zurück.

Die Sonne im Zentrum des Himmels. Mein Blick schaut nach dem Jungen, zwischen Wasserpflanzen und Vögeln, er sieht zufrieden aus: eine Angelrute in der Hand und ein Fisch, der an der Angelschnur hängt.

*

Und wieder Fisch. Mir werden Schuppen wachsen, ein Schwanz, in eine Sirene werde ich mich vor lauter Fischessen verwandeln. Meine Mama versucht es zu verheimlichen, indem sie seltsame Kombinationen kreiert: Fisch mit gelbem Reis, Pfannkuchen aus Fisch, Gemüsesuppe mit einem Fond aus Fisch. Sie sagt uns, es gebe einen Fischschwarm, billig zu kaufen gerade und man müsse zugreifen. Ich frage sie, was ein Schwarm sei. »Wenn es viel Fisch im Dorf gibt«, sagt sie. Mein Bruder fragt, wie sie denn schwimmen könnten, wenn man bei uns immer das Wasser abdrehe und wir nicht baden könnten. Meine Mama meint, wir sollten nicht so viele Fragen stellen und dankbar sein, dass es Essen gebe. Und das Geschirr sollten wir waschen, sie fühle sich nicht wohl. Es stimmt, meine Mama ist weiß wie eine Oblate. Sie geht in ihr Zimmer, mein Bruder und ich in die Küche: Ich wasche und er trocknet ab. Da tritt der Hund ein und spuckt.

»Was ist denn mit Tomate los?«, frage ich meinen Bruder.

»Er mag auch keinen Fisch.«

»Hast du ihm Fisch gegeben? Der Schwanz wird ihm abfallen.«

»Wer sagt das?«

»Papa, er sagt, wenn ein Hund Fisch isst, wird aus dem Schwanz ein Stummel.«

»Ist das schlimm?«

»Wenn der Schwanz fehlt, wissen wir nicht, wann er zufrieden ist.«

Ich lasse meinen Bruder, der auf den roten Stuhl in der Küche geklettert ist und Teller abtrocknet, und gehe meine Mutter fragen, was wir mit dem Hund machen sollen. Ich finde sie auf dem Bett ausgestreckt, zitternd. Sie sagt mir, dass sie sich seit dem Spaziergang am Sonntag schlecht fühle, ich solle die Nummer der Hexe suchen und sie anrufen. Die Hexe ist eine Kräuter- und Pflanzenheilerin. Auf dem Nachttisch meiner Mama gibt es eine Bibel, einen Bleistift und ein Telefonbüchlein. Ich suche nach H: Hada, Helena, Hermosa, Hexe, Hexe Zuhause, Hexe D. Es gibt drei Hexen, welche von denen, frage ich. Die erste, sagt sie.

»Hallo, Hexe, meine Mutter zittert und will sich übergeben, ich gebe sie Ihnen mal.«

»Señora, gut, danke! Wissen Sie, am Sonntag haben mich einige Mücken gestochen und ... Keine Ahnung, ich habe sie nicht gesehen, hatte die Brille nicht auf. In Tutunendo ... Ja, gut, ja, ich schicke gleich das Mädchen, danke.«

Ich dachte, diese Mücken würden nur unter dem Bett leben und deswegen müssen wir unter einem Moskitonetz eingehüllt wie Vögel unter einer Voliere schlafen. Aber es scheint, dass sie auch spazieren gehen. Arme Mama, ihr geht es so schlecht, dass sie mich nicht einmal ausschimpfte, als ich das von dem Hund erzählte. Sie sagt, ich solle Papa um Geld bitten und zum Markt gehen, zu dem Stand der Hexe, Raute, Beifuß und Chinarunde holen, aber ich solle nicht rennen, weil ich sonst hinfalle, und wenn ich hinfalle, bestraft sie mich. So krank ist sie dann letzten Endes doch nicht.

Der Markt, neben dem Fluss Atrato: eine alte Villa voller Frauen, Kräuter und Pflanzen. Essen in allen Farben. Der Geruch lässt mich am Eingang stehen bleiben. Es stinkt, als ob sie den ganzen Fisch aus dem Schwarm hier aufbewahren würden, es riecht abscheulich. Ich verstehe nicht, warum es bei so viel Wasser im Atrato manchmal keins zum Baden gibt. Können Sie den Fluss nicht an die Häuser anschließen? Die Erwachsenen haben keine Ahnung. Eine Fischverkäuferin in Bolerorock und mit Koboldhut schreit, dass ich störe, fragt mich, was ich suche.

»Die Hexe.«

»Im zweiten Stock, bei den Körben.«

Ich habe Angst, sie zu fragen, wo die Körbe sind. Ich gehe die Treppe hoch, halte die Luft an, mit ein paar Scheinen in der Tasche. Am ersten Stand ist eine Chola mit Haaren bis zu den Knien, die Halsketten verkauft. Fünf auf einem Tisch, andere an Stoffen, die an der Wand hängen. Ich vergesse den Geruch und bleibe eine Weile, um sie anzuschauen, eine blaue gefällt mir sehr. Die Chola sagt, dass sie den Namen Regen trägt, nimmt sie ab und hängt sie mir um. Es ist die schönste Halskette der Welt, meine Mama würde sagen, dass ich sie nicht anziehen kann, weil ich noch zu klein bin. Egal, ich behalte sie. Ich reiche ihr einen Schein und frage nach der Hexe. Die Chola zeigt auf einen dunklen Raum am Ende des Flurs.

Ich bin glücklich mit der Kette an meinem Hals, hopse, bis ich auf der Hälfte des Weges einen Stand mit gezuckerten Blätterteigtaschen finde, solche, wie meine Oma sie gemacht hat, ich liebe sie. Und kaufe zwei. Ich erzähle der Señora, dass es bei mir zu Hause zurzeit nur Fisch gibt, und sie antwortet mir: »Der Schwarm, Mädchen, der Schwarm!« Ich bin fertig mit Essen, wische mir die fettigen Hände am Kleid ab.

Am Ende des Ganges, neben einem Kübel voller Gestrüpp, sehe ich eine giraffengroße, schwarze Frau, die ein Schloss an eine Tür hängt. An der gelben Wand neben der Tür, in dunkelroter Schrift: Raute, Escancel, Malve, Beifuß, Thymian, Chinarinde, Holunder, Riñonina und ein Haufen weiterer Namen, die ich kaum lesen kann. Es riecht nach Kirche.

»Sind Sie die Hexe? Sie sehen gar nicht so aus.«
»Na so was, hast du schon mal eine Hexe gesehen?«
»Nein.«

Ich sage ihr, dass meine Mama sie vorhin angerufen hat, dass sie dringend ein Mittel braucht. Sie sagt, sie erinnere sich nicht, es sei schon geschlossen, ich solle morgen wiederkommen. Ich sage Nein, wenn ich ohne die Pflanzen komme, wird mich meine Mama ausschimpfen, ich weine ihr Krokodilstränen vor, damit sie mir hilft. Die Hexe verdreht die Augen, die weder schwarz noch braun sind, sondern wie Bienenhonig. Vielleicht ändern sie ihre Farbe so wie bei vom Teufel besessenen Katzen. Oje, ich will weg von hier. Sie öffnet die Tür des Ladens, tritt ein und ruft, welche Pflanzen ich denn brauche. Ich antworte von draußen: Raute, Beifuß, Chinarinde.

»Herrje, Kleine, deine Mama hat Malaria.«
»Sie sind die Hexe«, sage ich und zucke mit den Schultern.

Ängstlich und neugierig trete ich ein, der Stand ist fast so klein wie das Bad in meinem Haus. Eine dunkelviolette Glühbirne beleuchtet den Laden von innen. An den Wänden hängen Körbe mit getrockneten Pflanzen, Rosenkränzen und Stoffresten. Auf einem Tisch: Eine Reihe bunter Flacons, wahrscheinlich Parfums.

Die Hexe sagt: »Chinarinde« und holt eine Handvoll aus einem Korb. »Beifuß« aus einem Kübel auf dem Boden und »Raute« aus einer Bowleschüssel. Sie packt sie in Zeitungspapier ein. Ich denke, das kann keine Hexe sein, sie hat keine große Nase und sie riecht nach Orange.

»Sag deiner Mama, dass sie Teeaufgüsse davon machen soll und schön warm trinken, jeden Abend vor dem Schlafengehen. Sie darf nicht baden, keinem bösen Geist ausgesetzt sein, Frauen, die ihre Regel haben, dürfen sie nicht berühren. Wenn es nach drei Tagen nicht besser ist, soll sie mich wieder anrufen und wir räuchern, nicht dass sie den bösen Blick abbekommen hat. Hast du mich verstanden?«

Ich sage Ja und frage auch, was ich meinem Hund geben kann, der spuckt. Sie holt eine andere Pflanze mit langen Blättern hervor und packt sie ein. Ich frage nach dem Preis, während ich das Geld suche, zwei Münzen habe ich noch. Die Hexe sagt, das reiche nicht einmal für eine Zitrone, ich solle morgen wiederkommen.

»Wenn ich nicht mit den Pflanzen komme, bekomme ich Schimpfe.«

»Sie haben dir doch bestimmt Geld gegeben, was hast du denn damit gemacht?«, sagt sie und blickt auf meinen Hals.

Die Hexe fährt mit den Fingern über meine Kette blauer Regen, ihre Augen glänzen, sie meint, das sei ihre Lieblingsfarbe. Jetzt ist sie doch eine echte Hexe.

Ich gehe weinend die Treppe hinab, mit den Pflanzen in der Hand. Der Geruch ist inzwischen egal. Inzwischen ist die Chola nicht mehr da. Und die Señora mit dem Koboldhut fragt mich, ob ich die Hexe gefunden hätte. Ich antworte nicht. So traurig sehe ich aus, dass sie mir zwei

Fische in den Beutel tut, und sie gibt sie mir mit einem Lächeln.

»Weine nicht, Mädchen, bring das deiner Mutter, damit sie eine Suppe daraus kocht.«

*

Señora Neida und die Bootsführerin empfangen uns mit einem Eintopf aus Piangua, Muscheln, die die Frauen in den Mangrovenwäldern sammeln, und gelbem Reis. Nach dem Essen werden wir hundemüde, aber es ist Zeit, loszufahren, die Bootsfahrt wiederaufzunehmen. Ich bedanke mich bei Señora Neida für die Gastfreundschaft. Ich kann ihr nichts weiter anbieten als mein Haus in Quibdó, sie hat aber auch keine Bitte an mich. Ich solle gut auf den Jungen aufpassen, sagt sie, und ich könne gern jederzeit wiederkommen, ein Kissen gebe es immer. Die Fahrerin umarmt sie, flüstert ihr etwas ins Ohr und der Junge lacht, nicht wegen dem, was sie sagen, das hören wir nicht, sondern weil er glaubt, das mit dem Ins-Ohr-Flüstern habe er erfunden und er plustert sich auf, dass andere es ihm nachmachen. Juan Paulino gibt uns den Segen des Flusses, so nennt er es. Und geht ins Haus, sein neues Ehebett erwartet ihn.

Wir gehen mit vollem Bauch die Schritte der vorherigen Nacht zurück. Verbrannte Pfähle sehen wir, Häuserskelette, Abwesenheiten auf der Hauptstraße. In einem Motel, Zur Leckeren Ecke, erklingt eine Vallenato mit der gleichen Intensität wie die Zwei-Uhr-Sonne. Ein junger Mann singt, es klingt wie ein verletztes Schreien, während er Tische mit einem kaputten Lappen abwischt.

Der Junge, immer vorneweg, hebt einen unverbrannten Fetzen von einem Buch auf. Er fragt mich, ob er es behalten darf, und ich sage Ja. Ich hole aus meiner Tasche ein gelbes Taschentuch und umhülle es damit. Die anderen Fahrgäste kommen nach und nach an, frisch gebadet und mit irgendeinem weiteren Beutel. Den traurigen Alten sehe ich nicht. Amable kommt lächelnd, und wer sich über die halbe Straße breit in den Hüften wiegt, ist Carmen Emilia:

»Ich habe Yuccabrot für die Reise mitgebracht.«

»Wir sind voll!«, ruft der Junge aus ein paar Metern Entfernung.

»Für die Rei-se!«, antwortet Carmen Emilia im Singsang. Sie sieht das gelbe Taschentuch und fragt mich, was das sei. Ich öffne es, als wäre darin ein brauner Kolibri, und gemeinsam lesen wir auf den Seiten mit verbranntem Rand:

Auf der ersten, mit Bleistift in Kinderschrift:

Orange und Papaya

Und darunter

Die Bären können Weibchen sein

Auf der zweiten, Aufgaben und Linien

Vervollständige die folgenden Zeilen:

Migrieren ist _____

Tiere migrieren, weil _____

Auf der dritten der Rest eines von Asche umrandeten Absatzes

Er würde mehr in den Wald gehen

der hungrige Junge

sah seine Mutter kommen

das Obere eines Orangenbaums
die Mutter kam
der Junge, als er sie hörte,
fiel auf den Boden
verwandelte sich in einen Vogel Chogüi
picken
fliegend und singend über
alle Tage

Der Junge kommt auf mich zu und sagt mir, ich solle das verbrannte Buch nicht ohne seine Erlaubnis lesen.

Carmen Emilia und ich entschuldigen uns, ich wickele es in das Taschentuch ein. Sie bietet mir eine Papiertüte an, genauso eine wie die für das Yuccabrot. Ich habe die Reste des Buches hineingelegt und stecke sie in meine Tasche neben den Pinguin. Meine Augen tränen, wir sagen nichts. Das Rufen der Fahrerin, »Verabschieden Sie sich, wir fahren los«, treibt uns zur Eile an durch das Gebüsch Richtung Fluss, wo Amable alles vorbereitet hat. Er bittet uns nur zu springen.

4

Der Klang der Yamaha-Motoren hält wieder Einzug in unsere Mitte. Den Sumpf und sieben verbrannte Häuser lassen wir hinter uns. Alles, was wir von dem Feuer sahen, waren Rauch, Asche und die Skelette der Häuser. Niemand sprach von den Flammen, von den Funken, davon, wie die Augen bitter werden und weinen im Angesicht des Feuers. Die Menschen sind nicht mehr deprimiert über Brände, sie nehmen sie hin wie ein Kind, das einen Zahn verliert und zahnlos lächelt, als wäre nichts gewesen, auf den nächsten wartet, den echten. Vielleicht werden die neuen Häuser aus Ziegel und Zement sein.

Quibdó ist die Hauptstadt und bereits dreimal niedergebrannt. Es gibt kein Feuerwehrauto, keine Hydranten, keine Wasserversorgung für alle. Zu uns, die wir im Zentrum wohnen – zehn Straßen, wenn überhaupt –, kommt das Wasser wie ein Besucher, der Rotwein trinkt, Kekse isst und Geschichten erzählt, und eine Stunde später geht er wieder, ohne sich zu verabschieden. Zum Rest der Landkarte: Medio Atrato, San Juan, Litoral Pacífico und Bajo Atrato, kommt der Regen zu Besuch, ein Totentanz zwischen Flüssen und Wolken. Das dringend benötigte Wasser fällt wie Rache auf die Beete, füllt die blauen Reservetanks und badet Eidechsen, Leguane, Wildküken und Turteltauben. Es biegt die Papayabäume. Der Wind hebt die Wellblechdächer ab, sie fliegen wie silberne Vögel, riesige Klingen, die jedem den Kopf abschlagen könnten. Wir sind eine Gemeinschaft von Fischen, wir leben mit dem Klang des Wassers.

Wir haben Beté vor Kurzem erst verlassen, da will Carmen Emilia schon wissen, wann wir ungefähr in Tagachí ankommen werden.

»Ma, frag sie«, sagt er und deutet mit dem Blick zur Bootsführerin.

»Ja, ruf sie von hier aus«, sagt Carmen Emilia.

Wenn sie so neugierig ist, warum fragt sie sie dann nicht selbst? Ich schaue den Jungen säuerlich an: Hilf mir bloß nicht. Die Menschen sind halb im Schlaf. Der alte traurige Mann ist wirklich weg. An seiner Stelle ein Mann in den Fünfzigern, rotes T-Shirt und kurze Hosen. Seine Haare – tiefschwarz und glatt – reichen ihm bis zu den Ohren, seine Haut golden mit Jagua-Tattoos.

Carmen Emilia gähnt, der Junge macht es ihr nach. Ich hole tief Luft, stehe auf und rufe:

»Señora! Fahrerin!«

Ich winke mit der Hand und sie schaut auf den Fluss. Ich springe auf und winke mit beiden Händen, und sie lächelt einen Sperber an. »Señora!«, meine Stimme kommt nicht gegen den Lärm der Motoren an. Ich springe wieder und schreie noch lauter, verheddere mich und falle. Endlich sieht mich die Fahrerin über die Passagiere hinweg an und fragt, was passiert ist. Der Junge antwortet, dass wir dringend wissen müssen, wie weit es noch bis Tagachí ist, und dass seine Mutter sich den Fuß verstaucht hat. Amable,

der neben den Koffern schlief und sich auf die Reisbündel stützte, wird durch die Aufregung der Fahrgäste geweckt und kommt zu uns. Er schaut auf meinen Knöchel, verzieht den Mund, rümpft die Nase und sagt zur Fahrerin:
»Verstaucht!«
»Schweig, Junge, du machst dem Kind ja Angst«, sagt Carmen Emilia.
»Ma, mach nicht schlapp.«
Amable sagt, dass ich das Geheimnis brauche, dass er Freund des Cholos ist, der Knocheneinrenker und Hexenmeister ist und seit Beté mit uns fährt. Mein Knöchel sieht aus wie eine Grapefruit, ich will nicht weinen, aber ich weine, und nicht wegen der Schmerzen. Ich erinnere mich an das erste Mal, als ich mir den Knöchel verstaucht habe. Ich war elf Jahre alt.

*

Die Onkel betrunken, der Opa betrunken, betrunken meine Eltern, aber nicht so sehr. Das Fleisch ist alle und es regnet stärker, der Himmel wird zerreißen. Mein Papa sagt, dass es Zeit ist zu gehen, und setzt sich einen zerquetschten, schwarzen Hut auf. Er braucht einige Minuten, um das Auto aufzumachen, man muss nicht erwachsen oder hellseherisch sein, um zu wissen, was passieren kann. Meine Mama, mein Bruder und ich gehen unter einem bunten Schirm zu ihm. Mein Papa macht das Radio an und ein trauriges Lied erklingt. Wir lassen die Betrunkenen zurück, die auf den Stühlen schlafen, und folgen der Straße in dem roten Willy. Wir fahren an dem See vorbei, wo wir immer Kaulquappen mit dem Sieb fangen, sehen das Schild mit der Aufschrift Samarkand, ich weiß nicht, was das bedeuten soll, meine Mama auch nicht, aber ich mag den Klang. Wir überholen eine Reihe Laster, die Essen geladen haben, und kommen nach La Bajadita, ein Hügel voller Gräben und Sumpf. Mein armer Bruder, er beißt in den Sitz vor ihm, den von Mama, er spürt die Angst aller Kinder der Welt. Ich bleibe ganz ruhig, ich bin die Ältere, aber ich bete: San Pacho, lass uns lebend ankommen.

Mein Vater bremst, aber er vertraut dem Willy voll und ganz, er meint, dass wir problemlos durchkommen werden. Ich schaue aus dem hinteren Fenster. Der Regenguss löst ein Stück Land, wir sind gerettet vor einem Erdrutsch. Mein Vater gibt Gas, mein Bruder umarmt mich, der Willy versucht, uns aus diesem Albtraum zu befreien, aber auf halbem Weg kommt er ins Schleudern und gerät in einen Graben. Das Auto bewegt sich nicht, ich fühle mich schuldig, weil ich so viel gegessen habe und so schwer bin. Mein Vater lacht, damit wir nicht in Panik geraten, er sagt, aus der Sache kommen wir schon raus. Der Regen trommelt auf das Auto und es schüttet durch die Plane. Meine Mama hat die Nase voll und sagt, wir sollen aus dem Auto aussteigen und anschieben. Sie kann nicht Auto fahren. Meine Mutter und mein Bruder steigen zuerst aus, ich springe, falle unglücklich und verknackse mir den Knöchel. Ich weine, schreie, jammere lauter als ein Donner. Mein Vater schreit aus dem Inneren des Autos, dass er nicht versteht, warum immer alles schiefgeht, er möchte weinen, glaube ich. Ich halte den Schmerz aus und sage nichts mehr. Meine Mutter, die eigentlich den Knöchel ihrer Tochter untersuchen sollte, schiebt mit aller Kraft den Willy. Mein Bruder schiebt ihren Rücken mit seinen kleinen Händen. Ich stehe auf, schmutzig und durchnässt, humple zu meinem Bruder hinüber und schiebe ebenfalls. Wir sehen aus wie ein Tausendfüßler. Mein Vater gibt Gas, wir holen uns Kraft, ich weiß nicht, woher. Der Schlamm dringt uns bis in die Ohren. Ich weine leise in mich hinein, meine Mutter schreit und der Willy kommt endlich aus dem Graben. Das Auto rollt bis zum Ende von La Bajadita. Mein Knöchel fühlt sich an wie eine Kröte, mir ist speiübel vor Schmerz. Wir steigen ein, machen den Willy von innen nass, überschwemmen ihn, aber das traurige Lied ist vorbei. »Das Wichtigste ist, dass wir alle vier zusammen sind«, sagt mein Vater.

*

Amable bringt den Cholo zu meiner Bank und kehrt auf seinen Posten zurück. Der Mann grüßt mich mit seinen Augenbrauen, mit seinem Haar. Er spricht nicht, er kniet nieder und legt meinen Fuß auf sein Bein. Er hat eine Halskette aus Tränen: Steine in Orange, Gelb, Rosa, Grün, Orange, Orange, Orange, Orange, Gelb, Rosa, Grün, Orange, Orange, Orange und so weiter. Er drückt auf meinen Knöchel, der lila geworden ist, der intensive Schmerz steigt mir bis in den Kopf. Ich halte den Schrei zurück. Der Junge schaut nicht einmal auf meinen Fuß, er sucht die Tränen in meinen Augen.

Behutsam zieht der Cholo meine Sandale aus und zeichnet mit seinem Daumen Figuren auf dem Lila. Er betet auch zwischen seinen Zähnen und schüttelt den Kopf wie eine Kuckucksuhr. Das Ritual hat keinen Anfang und kein Ende, es geschieht inmitten des Schmerzes. Dies ist das zweite Mal, dass man das Geheimnis bei mir anwendet. Carmen Emilia, die sich nichts entgehen lässt, meint, sie habe seit drei Monaten Schmerzen im Rücken, einen tiefen Schmerz. Ob er auch für sie beten könne. Der Cholo schaut sie nicht an.

Ich glaube an das Geheimnis, mein Fuß wird bald wieder flink wie der einer Ziege sein. Der Junge lehnt sich an meine Schulter und schläft ein. Der Cholo sagt zu mir:

»Der Fuß wird wieder! Für den anderen Schmerz habe ich kein Geheimnis.«

»Welchen Schmerz?«, fragt Carmen Emilia.

»Vielen Dank«, sage ich zu dem Cholo.

Bevor er weggeht, sagt der Cholo zu Carmen Emilia, dass er nur ein Geheimnis pro Tag anwendet, ein andermal also. Carmen Emilia, die sich ihr mit Geranien bedrucktes Kleid aufknöpfen will, fährt sich mit der Hand über den Kopf und richtet den Blick auf den zimtfarbenen Fluss, stillschweigender Beobachter, wie die stechende Sonne. Sie wendet den Blick zurück und fragt:

»Wo tut es dir am meisten weh? Ist es wegen der Reise, weil es so unbequem ist?«

»Alle Reisen tun weh.«

»Vor allem auf diesen Sitzen! Aber wenn du nach Bellavista fährst, warum hast du dann keines von den schnellen Booten genommen, das in sieben Stunden da ist?«

Ich sage nicht: Weil wir den Sumpf kennenlernen wollten.

Mir zittern die Hände, ich habe solche Angst.

Ich sage ihr auch nicht: Weil wir gern in fremden Betten schlafen.

»Weil sie zu teuer sind«, antworte ich.

Ich schwitze, werde rot wie die Erde Afrikas.

Ich halte mich an der Bank fest, damit mich niemand wegbewegt. Ich will ruhig erscheinen, wie dieser Fluss, der Zweige versteckt und tiefe Strudel. Ich fühle mich gezwungen, Carmen Emilia etwas zu erzählen. Nicht, dass ich müsste, ich kenne sie ja nicht, aber ihre Fragen bringen uns einander näher, bereiten mich auf die kommenden Tage vor.

»Ich möchte nicht ankommen. Am liebsten wäre ich gerudert. Ich fahre nach Bellavista, weil die biologische Mama meinen Jungen sehen will. Sie will, dass er ihr seine Spielsachen zeigt, den Wackelzahn, die Narbe am Ellbogen, denn mein Junge hat sich vor zwei Jahren eine Hand gebrochen. Sie weiß es nicht, er wird es ihr erzählen. Sie will ihm in die Augen schauen, ein Ohr berühren, ihm auf die Stirn küssen, vielleicht überprüfen, ob er gesund ist, ob ich ihn gut gepflegt habe.«

»Die Mama ist die Mama, meine Kleine«, antwortet sie und fächert sich mit einem Stück Stoff Luft zu. »Sie hat ihn geboren.«

Carmen Emilia kreuzt die Arme und fragt nicht weiter. Im Gegenteil, sie erzählt mir, dass sie alle zwei Monate zu ihrem Haus in Vigía fahre, nur um sich auszuruhen. Sie lädt mich ein und ich sage Ja, unseren nächsten Ausflug machen wir zu ihrem Haus und in einem Schnellboot.

Der Atrato vereinigt Märkte und trennt Menschen. Der Fluss wäscht Kleidung, gibt Essen, trägt Kinder, badet Frauen, versteckt Tote. Heilt die Klagen der Alten. Der Fluss unterscheidet nicht: er segnet und ertränkt.

Die Sonne schaut herab um drei Uhr nachmittags, hypnotisiert uns. Zu dieser Stunde versuchen die Kinder in den Schulen schlaftrunken, die Bestandteile einer Zelle zu lernen. Ein verspäteter Käfer ist zwischen einer Fensterscheibe und einem curubafarbenen Vorhang gefangen; ein makelloser Metzger reinigt die Fensterscheiben mit Seifenwasser, schreibt mit roter Schrift kleine Schilder: »geschälte Rippe«, »Eingeweide«, »Es gibt Eis«. Eine Cashewfrucht – groß, rosa, reif – fällt vom Baum, ein Umzugslaster fährt darüber. Um drei Uhr am Nachmittag stehen die Leute Schlange, eine Frau weint, während sie einen Büstenhalter flickt; ein Bus kommt von der Straße ab und 18 Menschen sterben. Es ist drei Uhr, eine Fünfzehnjährige kommt mit dem Moped zum Haus ihres Freundes, und ohne es zu wollen, lässt sie den Zündschlüssel stecken. Eine halbe Stunde später ist das Moped weg. Der Freund, ohne Hemd und ungekämmt, rennt durch das Viertel, verfolgt drei Kinder, die auf dem Moped hocken; der Älteste fährt, sagt, er hat es gefunden, es ist seins. Um drei Uhr am Nachmittag wissen die Hunde nicht, wie sie sich noch hinsetzen sollen. Um drei Uhr am Nachmittag wird ein Kind im Krankenhaus San Francisco von Assisi geboren, sie geben ihm einen Namen, den sie in irgendeiner Vallenato-Musik gehört haben. In diesem Boot neben meinem Jungen ist es drei Uhr am Nachmittag.

Die letzte Kurve bringt uns zum rechten Flussufer des Atrato. Die Fahrerin, die ein Lied trällert, verstummt, macht die Motoren aus und gibt uns Zeichen, dass wir schweigen sollen. So viel Stille weckt den Jungen. Wir sehen Kleidung, die im Gebüsch hängt: Hosen, Lederriemen, Gummistiefel. Zwischen dem Grün ein improvisierter Dorfladen mit Stöcken, schwarzen Beuteln und Säcken. Acht Männer mit roten Tüchern um den Hals tauchen zwischen den Zweigen auf. Der Junge ruft – aus Leibeskräften –, dass diese Herren Hunger haben und dass sie uns deswegen so böse anschauen. Ich sag ihm, er soll still sein, im Geist das Engelsgebet beten, das ich ihm beigebracht habe. Er sagt zu mir, Nein, Ma, es ist noch nicht Schlafenszeit. Einer der Männer setzt sich ein graues Käppi auf und fährt parallel zu unserem Boot, ruhig, als wäre der Wald sein Wohnzimmer und wir ungebetener Besuch. Ich merke, dass der Junge und ich die Einzigen sind, die zu ihnen blicken. Ich setze ihn auf meine Beine, frage ihn, ob er Hunger hat oder spielen will. Manchmal hilft es, nicht zu sehen oder zu hören. Ich lasse nicht locker, ein Kind zu haben bedeutet, immer mit Argwohn zu schauen. Der Mann hört auf, uns zu verfolgen, die Fahrerin schaltet die Motoren an, das Boot entfernt sich vom Ufer und bemächtigt sich der Mitte des Atrato. Die Sonne hat an Kraft verloren, sie schaut uns an wie ein Kind, das sich auf seine Schulbank aufstützt: gleichgültig, erschöpft, schläfrig. Es ist nach drei.

Später schaut der Junge – hungrig und neugierig – in die fettige Papiertüte, in der Carmen Emilias Yuccabrote reisen, streichelt mein Gesicht und sagt, dass sein Bauch sich meldet und hungrig nach Brot ist. Wir haben nur noch Orangen, sage ich ihm. Ich nehme eine heraus, aber ich schneide sie nicht in vier oder sechs Teile. Wenn das Kind launisch wird, schäle ich die Orange wie eine Kartoffel, und zwar vor seinen Augen. Die Schale hängt herunter und zeigt den weißen Körper, den sie darunter verbirgt. Der Junge ist aufgeregt, als ob er ein kleines, wehrloses Tier vor sich hat, das seins ist. Er bittet mich um die Schale, damit ich sie ihm um den Hals lege. Die Haut der Orange und die Haut des Kindes tanzen auf dem Kanu. Schließlich schneide ich den oberen Teil der Orange ab, eine Orange mit Deckel, mit Hütchen. Das Kind liebt es, es weiß nicht, wie es anfangen soll zu essen, er würde sie gern behalten und damit spielen, aber er ist hungrig. Er beißt hinein und spuckt die Kerne aus. Er zieht das Gesicht zusammen, verschlingt die saure Frucht.

Nach einer Weile starrt er in die Wolken und sagt, wenn die Bäume sterben, kommen sie auch in den Himmel. Dann, wie ein König nach einem gewichtigen Satz, taucht er in sich selbst ein. Er sagt mir, ich solle nicht mit ihm reden, ihm sei langweilig und er wolle Baumsein spielen.

Ich antworte ihm, Ja, Majestät. Und ziehe mich in meine Erinnerungen zurück.

Einen Tag bevor der Junge fünf Jahre alt wurde, lernte er Fahrradfahren. Ich lernte es am gleichen Tag. Zu der Zeit hatte unsere Nachbarin zwei Söhne, jeder mit einem Fahrrad: ein kleines, ein mittleres. Einen Monat vor dem Geburtstag erlaubte die Nachbarin dem Jungen, jeden Dienstag mit dem kleinen Rad zu fahren. Ich wollte, dass er es bald lernt, ich würde ihm eins schenken, zusammen mit der Torte, die er jedes Jahr bekam. Am ersten Tag fiel er hin, am zweiten fielen wir beide, am dritten sagte er mir, dass er nicht Fahrrad fahren könne, weil ich es ihm nicht gut beigebracht hätte, ich müsse es zuerst lernen und er würde es sich sofort abschauen. Ich versprach ihm, dass ich es nächsten Dienstag machen würde, ihm zu beichten, dass ich es nie gelernt hatte, war ich nicht in der Lage. Mamas können schließlich alles. Ich ließ die Scham bei der Schmutzwäsche und bat die Nachbarin, mir das mittlere Fahrrad für eine Viertelstunde zu leihen, jeden Tag bis kommenden Dienstag. Sie willigte ein, ohne nachzufragen. Morgens bastelte ich Hortensien, eine Frau hatte für ihre vierte Hochzeit fünfzig künstliche Blumen in Auftrag gegeben. Von diesem Geld würde ich das Fahrrad kaufen. Jeden Tag in der Woche, bevor ich den Jungen von der Schule abholte, übte ich: Ich fiel öfter, als ich zählen konnte, einige Kinder machten sich über mich lustig und einer meiner Röcke verhedderte sich in der Kette und zerriss.

Die Nachmittage dieser Woche verbrachte ich damit, meine Wunden mit Wasser, Salz und blauer Seife zu waschen und den Hortensien den letzten Schliff zu geben. Samstags und sonntags konnte ich nicht üben. Der Dienstag kam: Der Junge hatte Angst, als er mich auf den Pedalen sah. Wie bei einem Pferderennen starteten wir gleichauf, schauten uns an. Er rief: »Los!« und fuhr – allein, im Gleichgewicht und sehr sicher – auf dem kleinen Fahrrad los. Ich schaute ihn verwirrt und stolz an. Er rief wieder: »Ma, du bist dran!« von der anderen Straßenseite.

Ich fuhr zitternd wie eine Straßenkatze los und kam bis zu ihm, diesmal ohne hinzufallen.

Am nächsten Tag brachte ich ein Fahrrad und eine Vanilletorte nach Hause, der Junge wurde fünf Jahre alt.

Aus ihrer Handtasche nimmt Carmen Emilia einen rosafarbenen Lippenstift und einen Spiegel heraus. Sie schminkt sich und schneidet dabei Grimassen, kämmt sich die Haare und betrachtet die Menschen hinter sich im Spiegel. Sie legt ihn zurück. Sieht das Kind an und fragt ihn, warum er nicht spreche, ob ihm langweilig sei oder ob er Schmerzen habe. Schweigen. Sie sagt ihm, dass der Mohan ihn mitnehmen wird, weil er so unhöflich ist. Mehr Schweigen. Es macht mich traurig, dass die Leute denken, er sei unhöflich und launisch, aber wir haben eine Abmachung getroffen, und ich kann mich nicht in sein Spielen einmischen. Carmen Emilia tritt dem Spiel auf ihre eigene Art bei: Sie greift sich die Tüte mit den Yuccabroten, isst eins in drei Bissen auf und bietet dem Jungen ein weiteres an, der von seinem baumartigen Körper aus nur die Augen bewegt und schwitzt. Er traut sich nicht, die Regeln zu brechen, die er selbst erfunden hat. Ich spiele mit: Ich erkläre Carmen Emilia, dass Bäume keine Yuccabrote essen, während ich eins esse. Der Junge schließt die Augen, ist lieber weiterhin ein Baum, einer, der Orangen schenkt. Oder Zitronen.

Mein Fuß tut nicht mehr weh. Es heißt, das Geheimnis funktioniert nur, wenn man daran glaubt. Ich glaube, wie das Kind, an Worte. Wenn er weint, weil er sich ein Spielzeug wünscht, und ich sage ihm, dass ich es ihm, so Gott will, nächste Woche kaufen werde, glaubt er mir. Und hält es für selbstverständlich, dass Gott will, deswegen betet er jeden Abend zu ihm. Das Kind hat mich gelehrt, an Menschen zu glauben, die Blumen als Vertrauenssache betrachten. Vor einigen Monaten bat mich eine junge Frau um drei weiße, sehr kleine Lilien, um sie an das Erstkommunionkleid ihrer Tochter anzuheften. Das Kleid war aus Satin, einem kompakten Stoff, glänzend, mit einer matten Rückseite. So wie die meisten bei den Karnevals von San Pacho. Die fünf Lilien – als Geschenk habe ich zwei mehr gemacht – waren das Ausgefallenste an dem Kleid. Drei Wochen später hat die Frau mir die Blumen bezahlt, und ich habe dem Kind das Spielzeug gekauft.

Ich stehe auf, mit dem Rücken zur Fahrtrichtung. Wolken voller Wasser, mit dem die Hebammen heute Abend ein Neugeborenes baden werden. Die Fahrerin spricht mit Amable, zeigt auf den Motor, gibt ihm Anweisungen, vielleicht erzählt sie ihm auch die Geschichte, wie ihr eines Tages das Benzin ausgegangen ist und sie stundenlang am Ufer des Atratos entlangtrieb. Er nickt: Ja, Señora.

Ich schaue mir jeden der Fahrgäste an, von der Fahrerin bis zu meiner Bank: ein Mann mit einem Käppi – der Schwärzeste von allen –, den ich leichtfertig anschaue und dann rot werde: eine Mutter schaut nicht so. Zwei Damen um die fünfzig unterhalten sich mit dem Vertrauen der Jahre, auf eine Art, die sich – insbesondere Frauen – ab einem gewissen Alter einverleiben, ein weiser, aber unbequemer Vorwurf, wie Brotkrümel auf einem Bett. Eine von ihnen trägt ein weißes T-Shirt mit einem Wort in schwarzer Tinte: Chocoaníssima. Das Teenager-Mädchen im roten Kleid schaut auf einen Adler, der einsam über den Fluss gleitet, wild und frei wie sie. Der Cholo sieht sich an seinen Händen die Narben an, die der Dschungel hinterlassen hat, und die Falten, in denen das heilende Geheimnis wohnt. Ein alter Mann mit weißem Bart beißt in eine reife Cashewfrucht, der Saft macht ihm die Füße, die in Plastiklatschen stecken, nass. Nach dem letzten Bissen wirft er die Kerne mit Kraft – der Kraft eines alten Mannes – in den Fluss und holt sich noch eine Cashewfrucht. Rossy und Mary, die Zwillinge, sprechen nur miteinander oder mit Amable, die Mango, die ihnen der Junge kurz zuvor angeboten hatte, lehnten sie ab. Manche schauen zum Fluss, zu den Bäumen und ihren eigenen Füßen, eingetaucht in einen ewigen, trägen Kreislauf. Was sie wohl tun, einer wie der andere, wenn die Zuckerdose nachts offen bleibt und der Tisch von Ameisen befallen wird, auf welcher Seite des Bettes sie wohl schlafen, wenn sie denn mehr als eines haben, ob sie das Geld für den Strom schon abgehoben haben. Ich möchte etwas, was mich vergessen lässt, wohin ich mit dem Jungen fahre.

Eine der Zwillingsschwestern umarmt die andere, die aus dem Nichts heraus anfängt zu weinen. Die Schwester wischt ihr den Schweiß mit einem Stück Stoff ab, wiegt sie. Die Frau schaukelt: rechts, links, rechts, links. Weint. Hält sich den Bauch. Carmen Emilia deutet mit dem Blick auf die Beine des Mädchens: Blut fließt aus ihr wie aus einem offenen Ventil heraus und färbt das Boot ein. Ich gehe zu der Bank der Zwillinge, frage, was los ist. Es lähmt mich, dass die Frau versucht, das Blut einzufangen, als wäre es eine Masse. Sie will es sich zurückgeben. Der Junge findet keine Worte, um zu fragen, was das Rote ist, er setzt sich auf den Boden und Carmen Emilia streichelt ihn, während sie der Bootsführerin Zeichen gibt. Die Zwillingsschwestern sagen erst etwas, als jemand von hinten fragt, ob die Frau schwanger sei.

»Es hat nicht gehalten, Mary, das Baby hat nicht gehalten«, sagt die Blutende zwischen Tränen.

»Das ist normal, Rossy, das geht vorbei. Schließ die Augen«, sagt die Schwester.

Sie sind sehr jung, keine einundzwanzig. Die Fahrerin sagt von der Bankreihe aus hinter den Zwillingen, dass wir fast in Tagachí angekommen sind. Zwei Passagiere gehen zu Rossy, streicheln sie, beten für sie. Ich möchte helfen, werfe tröstende Sätze, die nicht bis zu dem Gemurmel der Frauen durchstoßen.

Der Fluss ist Zeuge von Klagen und Blut, Geburten und Toden, Fortgehen und Ankommen. Die Flüsse von Chocó, eine andere Form, Erde zu bewohnen: die Kanus sind auch Häuser, Arbeitsplätze und Verstecke. Durch den Fluss fangen wir an, diese Erde zu verlieren.

Der Cholo sagt, hinten gebe es Koriander, aber er sei nicht freigegeben, er wurde zum Essen gepflückt und so kann man ihn nicht zum Beten benutzen. Er macht seine Tränenhalskette ab und hängt sie Rossy um. Ich weiß, dass sie Farbe verliert, obwohl ihre Haut nicht blass wird. Weder die Worte noch die Kette stoppen das Blut, so ziehe ich also mein blau gestreiftes Kleid aus, säubere damit die Hände, die Füße von Rossy. Ich rolle es zusammen und sage ihr, dass sie es zwischen ihre Beine stecken soll. Ich habe nur noch eine weiße, fast durchsichtige Trägerbluse an, Unterwäsche. Scham verspüre ich nicht, was sollen sie mir schon abgucken, wenn ich nichts habe? Rossy sagt nichts, sie nimmt das Kleid und lässt sich von ihrer Schwester wiegen. Das Blut bleibt zurück, aber die Tränen fließen nieder und nieder.

Der Himmel bewölkt sich, schlechtes Omen, sagen die Großmütter. Ich bin müde vom Fluss und seinem Schaukeln, ich habe Angst um Rossy, die viel Blut verloren hat und vielleicht ihr Baby. Ich kehre zu meiner Bank zurück und treffe auf meinen Jungen, der nackt dasitzt und auf den Fluss blickt. Er macht das Gleiche wie ich. Carmen Emilia ist missmutig, sagt, ich hätte ihn schlecht erzogen.

»Ma, tut es dir nicht weh, so weiß zu sein? Du siehst aus wie ein Fisch von innen.«

Carmen Emilia holt aus ihrer Tasche einen Bademantel, den sie bestimmt zum Schlafen benutzt, und bietet ihn mir an. Er ist Lila mit Grün, mit Orange, mit Blau. Er hat Fransen und kleine Taschen, ich sehe damit aus wie das Segel eines Schiffes. Mary leiht mir ein Band, ich binde es mir um die Taille. Ihre Stoffe schmücken meine Haut, meinen leeren und farblosen Körper.

5

Die Kinder suchen nicht nach Figuren in den Wolken, sie sind ihnen egal. Das Spiel hier und überall in Chocó ist, im Regen zu baden. Es ist das einzige Land, in dem die Sonne kein Löwe ist. Die Wolken verlangen das ihrige: Achtung, man spreche von ihnen wie von der Hitze: Sie regnen Punkt fünf Uhr nachmittags, sie prallen aufeinander, lassen Blitze sich entladen, die mitten im Dschungel Bäume spalten.

Vom Kanu aus sehen wir den Ankunftsort: eine Holzkonstruktion, die sich zwischen zwei Häusern, grün und gelb, erhebt und in den Fluss hineinragt. Niemand würde es wagen, das einen Hafen zu nennen. Draußen vor dem grünen Haus isst eine Frau auf einem Plastikstuhl eine Guama. Was für ein Glück, den Atrato zu Füßen zu haben, ihn als ein betäubtes Reptil zu betrachten: mit Angst und Neugier.

Amable betritt den Steg mit Rossy, die in seinen Armen schläft. Er täuscht Härte und Direktheit vor, und steif klammert er sich an den schlechten Ratschlag irgendeiner Großmutter: Männer weinen nicht, fühlen nicht, ruhen nicht, selbst wenn es regnet. Armer Amable, seine Nerven liegen blank. Ich möchte ihm sagen, dass er weinen darf. Ein Blick zu dem Jungen, ich nehme meine Tasche und wir steigen zusammen mit den anderen Fahrgästen aus. Die

Frau von dem grünen Haus ist mit der Guama beschäftigt, isst das Fleisch und spuckt die Kerne aus. Sie schaut nicht einmal. Wir bringen ein totes Baby im Bauch einer Frau und sie schaut nicht.

Der Regen versteckt die Leute in den Häusern. Wir laufen schnell, hintereinander, auf einer matschigen, engen Straße. Der Junge macht kleine Schritte, sagt, er muss mal und kann es nicht länger aushalten. Ich bitte alle, einen Moment zu warten, während der Junge neben einem Baum Pipi macht. Er ist fertig und wir gehen weiter: die Fahrerin, Amable, der Rossy trägt, und der Rest dahinter: eine Prozession trauriger Menschen. Wir kommen an acht Häusern vorbei und gelangen zu einem aus Holz, das wie die Zeichnung eines Kindes aussieht. Die Fahrerin klopft an die Tür: »Schwester, machen Sie auf, ich bringe ein krankes Mädchen.« Eine weiße Frau öffnet die Tür und bekreuzigt sich, als sie Rossy sieht. Sie lässt uns hinein. Mit einem Blick und einer leichten Bewegung – ihr kurzes Haar bewegt sich nicht einmal – deutet sie Amable an, dass sich das Zimmer ganz hinten befindet, sie folgt ihm und beide verschwinden in dem dunklen Gang. Mary bleibt draußen und wartet darauf, dass ihre Schwester aufwacht. Wir anderen nehmen den Raum in Beschlag, einige holen sich einen Stuhl, machen es sich am runden Esstisch mit vier Plätzen bequem, andere auf Bänken vor einem kleinen Tisch, auf dem ein Gürteltier aus Holz ruht. Carmen Emilia setzt sich in den einzigen Schaukelstuhl, den es gibt. Der Junge und ich auf den Boden. Wir trocknen uns vom Regen ab mit Handtüchern, die eine weitere Frau bringt, auch sie ist weiß. Die Fahrerin erzählt, dass sie Nonnen sind, sie kamen vor einiger Zeit, um eine Gemeinschaft zu gründen. Sie verbringen eine Woche in Tagachí und die andere in Bellavista. Die Nonnen dürfen während ihrer Mission im Dschungel den Habit ablegen. Sie tragen Shorts, Bluse und Sandalen.

Wenn ich Angst habe, trage ich den Jungen, ich brauche das Gewicht auf meinem Bauch. Ich trage ihn, will die Schuld abbezahlen, dass ich nicht seine Mutter bin. Diesmal möchte er nicht, er stellt sich hin und läuft durch den Raum, wobei er den Holzfußboden mit Absicht quietschen lässt.

Auf dem Esstisch steht eine Obstschale: Papaya, Ananas, eine Kokosnuss. Ich nehme die Papaya und setze mich wieder auf den Boden. Nichts ist schmerzlicher als die Zurückweisung eines Kindes. Was ist der Unterschied zwischen einer Mama und mir? Der Junge, der sich gerade zur Straße hinausreckt, um zu schauen, ob es noch regnet, wurde in einer anderen Frau geboren. Eine Frau wird zur Mutter, wenn ihr Baby zum ersten Mal schreit, wenn die Dokumente zur Adoption genehmigt sind, wenn jemand ein Kind auf ihrem Bett hinterlässt, als wäre es eine verwelkte Blume. Es kommt. Mutter sein ist etwas, was kommt.

»Ma, mir tut es hier weh«, sagt der Junge und versucht, seinen Rücken zu berühren.

»Dir fangen gerade die Flügel an zu wachsen«, antworte ich sehr ernst.

Carmen Emilia sagt, armer Junge, so eine lange Reise muss er aushalten. Ich sage nicht, was ich denke: Wenn ich die Fahrerin wäre, würde ich direkt bis zum karibischen Meer fahren, ich will nicht, dass der Junge fliegt.

»Wachsen einem die Flügel, wenn man die Zähne verliert?«, fragt der Junge mit dem Milchzahn in der Hand, den er vor Kurzem verloren hat.

Ich antworte ihm, ja, aber man müsse lernen, mit den Flügeln umzugehen, wie mit dem Fahrrad, wir hätten aber noch Zeit zu üben. Er hat Durst, ich hole eine Flasche hervor, die wir aus Beté mitgenommen haben, aber er nimmt sie nicht, er hat Angst, dass das Wasser aus seiner Zahnlücke herausfließt. Ich nehme einen Schluck und reiche ihm die Flasche. Er dreht und windet sich, krümmt sich in der Mitte und versucht, kopfüber zu trinken, verschüttet das Wasser über sich, er tut alles, um zu beweisen, dass er recht hat.

Es ist schon Nacht, als die beiden Nonnen sich in die Mitte des Raumes stellen, mit einer Kamelie in der Hand. Amable weint endlich.

»Wir haben das Baby verloren. Und die Frau«, sagt die Nonne mit den kurzen Haaren.

»Rossy, nein. Rossy, nein. Rossy, nein«, schreit Mary von draußen. Sie stützt sich an der Tür, fällt. Sie weint im Schlamm. Steht auf, tritt in das Haus ein und geht dicht an den Wänden entlang, niemand darf sie anfassen. Sie durchquert den Raum, den dunklen Flur, schließt sich in dem hinteren Zimmer ein mit ihren Schreien und dem Körper ihrer Schwester.

Rossy, nein.

Wach auf, schau mich an.

Kleine, Rossy.

Du und ich, wir sind eins.

Rossy, komm.

Der Schmerz macht die Reisenden stumm. Ich halte dem Kind die Ohren zu. Bevor er mich fragt, sag ich ihm, er soll mich umarmen, gleich werde ich es ihm erklären, wir müssen jetzt zusammen atmen.

Wir brauchen eine Stunde ungefähr, um den Raum für die Totenwache herzurichten. Nachdem sie gekehrt hat, zieht sich Carmen Emilia die Sandalen aus, ihre Füße sind geschwollen. Die Fahrerin und ich übernehmen das Arrangieren der Möbel:

Tische aus einem der Räume holen, Stühle an die Holzwände, der Ventilator in eine Ecke. Obwohl es regnet, lässt die Hitze nicht nach, meine Haut klebt und glänzt. In der Mitte des Raumes lassen wir die Matte, wo wir die Leiche von Rossy betten werden. Ein kleiner Tisch ist übrig, Papayastücke kommen darauf, vor einiger Zeit hatte ich sie mitgenommen. Ich erinnere mich an den Tag, als Gina, die Mutter des Jungen, mit ihm auf dem Arm an die Tür klopfte. Ich hatte gerade eine Papaya aufgeschnitten und öffnete die Tür im Pyjama, schwitzend und mit beschmierten Händen von dem überreifen Obst.

»Ich kann ihn nicht bei mir behalten«, sagte sie.

Freundinnen waren wir nicht, ich kannte nicht einmal ihre Kinder. Sie ließ mir keine Zeit, ihr zu erklären, dass ich keine Ahnung von Babys hatte, nicht einmal wusste, ob sie mir gefielen. Sie ließ uns allein. Der Junge fing zu weinen an und ich nahm ihn, ohne mir die Hände zu waschen. Ich berührte seine kleine Nase mit dem Finger, der von der Papaya klebte, so begann unsere Geschichte mit der Frucht. So wie Kinder die Muttermilch riechen, würde er mich an der Papaya erkennen. Keine Woche verging, wo wir nicht eine aufschnitten und sie zusammen aßen.

»Die Papaya riecht nach Kinderkotze«, sagt Carmen Emilia und bietet mir ein Stück an.

»Sie ist sehr reif«, antworte ich.

»Vom vielen Tragen haben Sie sie reif gemacht«, sagt sie kauend.

Ich setze mich neben sie und erzähle ihr: Einige Tage nachdem ich den Jungen bekommen habe, nähte ich einen Stoffsack, wie den von Kängurus, und ich trug ihn eine Weile auf meiner Hüfte. Drinnen in dem Sack eine Papaya. Ich ging damit nicht auf die Straße, aber an den Nachmittagen, während ich im Haus aufräumte, kochte oder Bilder rahmte, benutzte ich ihn. Eine Papaya sah dem Bauch einer Erstgebärenden am ähnlichsten. Ich dachte an die Traurigkeit steriler Frauen oder jener, die in der Kirche auf Knien um ein Baby flehen, das nicht im fünften Monat stirbt, das nicht mitten in der Nacht in ihnen platzt. Mir wurde eins geschenkt, ich wollte es mir verdienen, es durch den Schmerz wert sein wie eine Mutter. Da es nicht meins war, war mir klar, dass ich nicht genauso leiden würde: Das Kind könnte mich nicht, wenn ich wegen etwas auf ihn böse bin, hitzig und voller Wut fragen: »Warum hast du mich überhaupt zur Welt gebracht?« Ich weiß, dass er es tun wird, mit zwölf wird er mich absichtlich verletzen wollen. Aber ich werde ihn daran erinnern, was wir einmal im Hof besprochen haben: Dass ich ihn nicht zur Welt gebracht habe, dass ich ihn eines Nachts, als ich eine Papaya aufschnitt, bekommen habe. Dann wird er nicht fragen, warum ich ihn erhalten habe, sondern warum seine Mutter ihn nicht wollte, und seine Wut richtet sich woanders hin. Er ist noch zu klein, um diesen Schmerz zu fühlen, vielleicht vergibt er seiner Mutter und bleibt bei ihr, als ob ich ihn nie getragen hätte. Deswegen wollte ich den Bauch, die Phasen leben, wie man so sagt. Ich würde nicht weniger Mutter sein, nur weil ich das Gewicht im Bauch nicht spürte.

Zum ersten Mal streichelt mir Carmen Emilia die Wange mit dem Rücken ihrer Hand, die alles andere als weich ist. Sie sagt zu mir:

»Armes Mädchen.«

Paradiesvogelblumen sind die einzigen Blumen, die wir für das Ritual fanden. Der weise Mann, der den Leichnam von Rossy vorbereitet, sagt, dass wir zuerst auch noch weiße Blumen brauchen. Die Nonnen schütteln den Kopf, es ist neun Uhr am Abend, nicht die Zeit, um sich in den Dschungel zu begeben.

»Ich kann welche aus Stoff machen«, unterbreche ich sie.

»Es gibt hier nichts Weißes: blaue Laken, gelbe Tischdecke, Fenster ohne Vorhänge«, sagt Carmen Emilia.

»Mein Umhang ist weiß, nützt er was?«, sagt eine der Nonnen.

Ich breite den Habito auf einem der Betten des größten Raumes aus, wo der Junge bis vor Kurzem geschlafen hat. Die Nacht werden wir wohl hier verbringen. Zwei Betten mehr gibt es, ein Doppelstockbett, einen Ventilator ohne Abdeckung auf einem Nachttisch, eine Konsole mit einer Jungfrau, die mir unbekannt ist, der Fluss in schwarz-weiß in einem mittelgroßen Rahmen, ein rosafarbener Schleier verdeckt ein Holzregal voll mit Laken und Handtüchern. Alles alt, gebraucht, aber sauber. Der Käfer, der gerade durch das Fenster geflogen kam, tanzt um die einzige Glühbirne. Er ist winzig, macht sich die Stille zunutze, um uns ein Konzert aus törichten und unrhythmischen Tritten gegen die Decke zu geben.

Carmen Emilia hilft nicht, sie begleitet mich. Ich schneide die Formen aus dem Gedächtnis: Nelken mache ich, die Blume, die ich am liebsten mag. Einmal kaufte ich ein Buch über Blumen und Heilpflanzen. Darin hieß es, Nelken seien essbar, senkten das Fieber, und früher schickten sich die Menschen geheime Botschaften zwischen ihren Blütenblättern. Sie gefallen mir wegen ihrer Schlichtheit, sie tragen nicht das Gewicht der Schönheit mit sich, das Rosen haben. Die Leute mögen sie, weil sie billig sind, es ist die Blume, die ich am meisten verkaufe.

Der Umhang hat Löcher, ein weicher Stoff ist es, der nach Aufbewahrung riecht, nach Nonne. Die weißen Knospen passen in einen Korb, den ich unter dem Bett finde. Carmen Emilia holt aus ihrer Tasche ein Parfüm und besprüht die Blumen, sagt, jetzt seien sie echt. Sie duften nach Señora aus Chocó.

Punkt neun Uhr gehen wir in den Raum. Rossys weiß gekleideter Leichnam auf der Matte, von Kerzen umgeben. Mary erhält wortlos den Korb, sie verteilt die Blumen auf dem Körper, schmückt ihn wie ein kleines Mädchen, das eigenmächtig entscheidet, was seine Puppen angezogen bekommen. Eine der Nonnen sagt, dass man die Blumen nicht auf den Mund, nicht auf die Brust und nicht auf den Bauch tun darf, sondern um den Körper herum. Mary ignoriert das, sie ist ihre Schwester. Amable, immer noch zitternd, gehorcht dem Weisen: Er legt ein Kruzifix aus Holz neben den Leichnam, schreibt »Rossy« auf ein Stück Papier und überreicht es Mary, damit sie es dorthin tut, wo sie will.

Wir warten auf vier weitere Frauen: zwei Hebammen und zwei dünne Mädchen in weißen Boleroröcken, die Sängerinnen, die Lobeslieder, Wiegenlieder und Totengesänge anstimmen, damit die Toten ihren Weg finden, damit die Angehörigen sie beweinen.

Carmen Emilia nimmt ihre Rolle als Assistentin ernst: Sie verteilt kleine Gläser mit einem Schuss Borojó und Viche, damit die Nachbarn wach bleiben bis zum Morgengrauen. Wer nicht trinkt, trägt eine Kamelienblume aus Stoff. Sie sind wegen der Toten gekommen, wegen des Schnapses und des Essens: In Sonntagskleidung, mit festen Zöpfen, weißen Zähnen, Sünden, die nicht zu beichten sind, und Lust zu tanzen. Mary, die auf dem Boden sitzt, malt ihrer Schwester die Lippen an. Um Mitternacht legt eine der Nonnen einen schwarzen Papierschmetterling neben Rossy. Die Frauen stimmen das erste Klagelied an.

> Sie stauen das Kanu
> wohin werden sie mich werfen
> ach, es ist das letzte Geschenk
> ach, es ist das letzte Geschenk
> das ich mitnehmen werde

Die Sängerinnen öffnen die Handflächen, als ob sie aus dem flachen Fluss Gold holen würden, spreizen die Finger, fragen die Erde, warum. Da es ein Reiselied ist, treiben die Vokale auf einem Kanu, die Wogen des Wassers verändern sie oder vervielfachen sie in sanfte, hohe Töne und Schreie: aaaAAAaaAa, ooooOoo, EeeEEe. Vokale, die eine Nacht brauchen, bis sie ausgesprochen werden, Lieder in Schönschrift, die Tränen hervorrufen und die Toten verabschieden.

>Sie bringen mich schon ins Wohnzimmer
>stellen den Korridor auf den Kopf
>ach, es ist das letzte Geschenk
>ach, es ist das letzte Geschenk
>das ich mitnehmen werde

Die zwei Hebammen, Hände an den Hüften, schauen zu den jungen Frauen, mickrige Mädchen, mehr Stimme als Fleisch. Sie singen seit Kurzem bei Totenwachen, vielleicht ist es ihr erster Totengesang, Beweis, dass sie bereit sind für diesen Dienst. Die Hebammen wollen ihnen sagen: kräftiger, lasst es wehtun, die Betrunkenen sollen weinen. Und die Mädchen strecken den Nacken, damit der Gesang nach oben steigt, am Holz abprallt und sich im Raum verbreitet wie die Luft des Ventilators. Sie beobachten sie aus den Augenwinkeln, ob sie es richtig machen, sie wiegen sich, der ganze Körper bewegt sich von einer Seite auf die andere wie in dem Fluss.

Sie bringen mich schon ins Wohnzimmer
zünden für mich vier Kerzen an
singen für mich die ganze Nacht
singen für mich die ganze Nacht
bis sie mich in die Erde lassen

Der Rosenkranz wird den Nonnen überlassen, die Hebammen und Mädchen ruhen sich aus. Erstere trinken Viche. Mary bittet um ein Chigualo, ein Lied für das Baby. Ein Totengesang, wie sie ihn gerade gesungen haben, ist nur für die Erwachsenen.
»Das können wir nicht singen, das Baby wurde nicht geboren«, sagt eine Hebamme.
Ich gehe zu ihnen und erzähle ihnen, dass ich ein Lied kenne, mit Versen irgendeiner arbeitenden Mutter, ich erinnere mich nicht, wann ich es gelernt habe, aber ich habe es dem Jungen abends oft gesungen. Ich schlage vor, es statt des Chigualo zu singen, mit Erlaubnis und Hilfe der Hebammen. Sie stimmen zu und so singe ich:

Schlaf, schlaf, Negrito
Denn deine Mama ist auf dem Feld
Negrito ...
Wachteln wird sie
Für dich bringen
Viele Dinge wird sie
Für dich bringen
Schlaf, schlaf, Negrito
Denn deine Mama ist auf dem Feld
Negrito ...

Die Sängerinnen wiederholen die Verse in einer ihnen eigenen Tonfolge, die unter die Haut geht. Am Ende des Liedes erblicke ich den Jungen, der gerade aufgestanden ist, sich die Augen mit einer Hand reibt und mit der anderen seinen Stoffpinguin hält. Er schaut unentwegt Rossys Leichnam an. Das Ritual geht weiter, Vaterunser und Avemarias werden gebetet, frittierten Teig in Form von Ringen und Kaffee gibt es dazu. Der Viche ist immer zuerst alle. Ich kann Mary nicht bis zum Morgengrauen begleiten, mein Negrito verlangt nach mir. Ich nehme seine Hand, wir gehen ins Zimmer und legen uns in eins der kleinsten Betten. Er sagt mir:

»Ma, du sollst mein Lied nicht Fremden vorsingen.«

*

Die Glocke läutet und Señora Paciencia Palacios wischt die Tafel ab, während sie uns zuruft, dass wir die Prüfung übermorgen nicht vergessen sollen: Jede muss einen Grabgesang auswählen und aus vollem Halse vor der Klasse singen. Ich will nicht singen. Die Totenlieder sind sehr traurige Lieder und machen Angst. Die Frauen singen sie bei Totenwachen, Schreie und Klagen, wie ein Konzert der Llorona. Señora Paciencia hat nicht vor der Klasse gesungen, warum will sie, dass wir das tun? Ich kann sie nicht leiden. Deswegen und weil sie, wenn ich sie etwas frage, zu meinem Platz kommt und mir die Antwort ins Gesicht brüllt. Sie hat Mundgeruch, schlecht gepflegte Augenbrauen und riesige Reifen, die an ihren Ohren baumeln. Etwas in ihr rüttelt, wenn sie geht. Sie denkt, sie sei etwas Besseres, weil sie Lehrerin ist, weil sie dreimal so groß ist wie ich und weil sie mit dem Motorrad in die Schule kommt.

Ich packe die Hefte ein und bevor ich durch die Tür gehe, hält mich ein Mädchen an der Tasche fest: »Du bist dran mit den Klos.« Sie übergibt mir einen Eimer und einen Wischmopp. Ich habe solchen Hunger, dass ich mit meiner Tasche auf die Toilette gehe. Ich öffne den Wasserhahn und befülle den Eimer mit Wasser. Von allen Flaschen, die wir zum Putzen benutzen, tue ich ein bisschen hinein: von einer lilafarbenen, die nach Krankenhaus riecht, einer in Rosa, die nach Baby riecht und einer weißen, auf der steht: »Blank rein Blanquita«. Blanquita ist die schwarze Señora auf dem Etikett. Sie ist groß und dick und hat sehr blanke Zähne. Im Fernsehen tritt sie auch auf und sagt: »Blank rein Blanquita macht Bäder sauber, desinfiziert Wohnungen und Wände. Und die Wäsche wird blankrein, wie ich.« Ich verstehe nicht, warum immer sie auftritt und vom Putzen spricht und warum man sie Blanquita nennt, wenn sie doch einen schöneren Namen haben müsste, wie Rosaura, Nidia oder Estela. Die Erwachsenen haben keine Ahnung. Aber Blanquita weiß bestimmt, wie man Totenlieder singt.

Am schlimmsten ist es, wenn der Wischmopp ausgewrungen werden muss: Ich teile ihn in zwei Teile, wie beim Kämmen, wringe eine Seite aus, dann die andere. Aber die eine Seite, die ich auswringe, macht die andere, die schon fertig war, wieder nass. Es ist schrecklich. Ich mache es, so gut es geht.

Ich gehe in das Klassenzimmer zurück. Eins der Mädchen wischt das Schreibpult der Lehrerinnen ab. Sie sagt mir, dass nur noch gewischt werden muss, dass sie und die anderen schon gefegt, den Müll heruntergebracht und die Stühle hochgestellt haben. Ich erledige meinen Teil in Windeseile. Am Ende bin ich verschwitzt und allein.

Mein Papa wartet auf mich in der prallen Sonne vor der Schule. Hinein geht er nie. Die Lehrerinnen würden ihm Angst machen, sagt er, als er klein war, hätten sie ihn an den Ohren gezogen und deshalb seien sie so groß. Er trägt seine Geschäftsschürze, die immer weiß ist. Ich trage auch eine weiße Bluse unter der Uniform, aber nassgeschwitzt. Bevor wir die Straße entlanglaufen, nimmt Papa mich an die Hand und hebt mein Handgelenk bis zu den Ohren. Mama sagt ihm immer: »Lass die Hand herunter, das strengt das Kind ja an.« Und er antwortet: »Mir scheint es besser so. Wenn sie stolpert, fällt sie nicht hin, weil ich sie von oben festhalte.« Er weiß nicht, dass ich nicht mehr hinfalle, ich bin schon richtig groß: zwölf Jahre. Auf dem Weg nach Hause kommen wir an dem Geschäft der neuen Friseuse vorbei. Sie ist schon eine Weile im Dorf, aber wir sagen immer noch *die Neue*. Wir vermissen Indira. *Die Neue* bügelt einer Frau die Haare auf einem Tisch mit einem Wäschebügeleisen, so eines wie Mama es zu Hause hat, um meine Uniform zu glätten. Was für eine Hitze! *Die Neue* legt Zeitungspapier über die Haare und fährt danach mit dem Bügeleisen darüber, Rauch steigt auf wie bei einem Brand. Und es riecht nach angekokeltem Spanferkel. Für fünf Uhr am Nachmittag gibt *die Neue* Papa einen Termin. Wir sind kaum weg von der Tür, da hören wir einen Schrei: »Ishh, du hast mir ein Ohr verbrannt!«

Ich komme nach Hause, zu Mittag gibt es Suppe. Suppe bei dieser Hitze. Ich bin wütend, mir ist zum Heulen zumute. Mein jüngerer Bruder am Tisch protestiert nicht, immer sagt er meiner Mama, dass alles sehr lecker sei. Das macht er mit Absicht. Ich strecke ihm die Zunge heraus und esse schweigend. Bei der Hälfte der Suppe ziehe ich mir die Uniform aus. Ich bin barfuß in Bluse; dann sagt Mama, ich soll die Bluse ausziehen, sie wäscht gleich weiße Wäsche. Ich esse in Unterhose die Suppe auf und die Haare kleben mir im Gesicht.

Bevor sie mich dazu auffordern, mache ich meine Hausaufgaben. Dann erzähle ich Mama das mit den Totengesängen, während sie die frisch gewaschene Wäsche aufhängt:

»Ma, ich muss zu Jessica nach Hause fahren, um Loblieder zu üben.«

»Welche Jessica?«

»Die am Fluss wohnt. Musstest du Grablieder in der Schule singen?«

»Nein, aber Französisch hatte ich im Unterricht. Sag Papa, er soll dich mitnehmen und um fünf abholen.«

Jessica wohnt in einem Viertel am Ufer des Atrato. Ich mag es, am Ufer entlangzulaufen, wenn der Fluss ganz flach ist. Von hier aus sehe ich den Strand, wo wir sonntags spazieren gehen. Auch das untergegangene Schiff, das mit dem Strand auftaucht. Es ist verrostet und die Mädchen in meiner Klasse sagen, dass darin die Bergmutter, die Madremonte, wohnt. Gleich daneben fahren die Kanus vorbei, voll mit grünen Bananen, grüner als das Grün im Inneren. Wir finden schnell die Adresse: das Holzhaus neben dem Fluss, das eine Tür hat, die zur Hälfte rosa, zur Hälfte blau ist. Es gibt mehrere Holzhäuser. Andere aus Zement. Die meisten Türen sind ungestrichen, offen. Kinder spielen barfuß in der Sonne, die Herren eine Partie Domino auf dem Bürgersteig, in einem Friseurladen mit laut aufgedrehter Musik wird einem jungen Mann der Kopf rasiert, und in einer Kirche in einer Garage singen sie lauthals.

Papa setzt mich vor dem Haus von Jessica ab und fährt wieder zur Arbeit. Er ist immer am Arbeiten. Bevor ich an die Tür klopfe, öffne ich meine Tasche und hole meinen bunten Rock heraus, der Mama nicht gefällt, und ziehe ihn über. Eine ungekämmte Frau, älter als meine Oma, öffnet die Tür.

»Und wer ist die da?«, sagt sie.

»Ist Jessica da?«, frage ich.

Die Alte latscht in ihren Sandalen fort. Ruft: »Jessica, für dich.« Eine Stimme antwortet, komme gleich. Im Eingang des Hauses stehen zwei kleine Palmen und eine Bank, auf der ich warte.

»Ah, du bist es. Komm rein, ich bin gleich so weit«, sagt Jessica, als sie herausschaut.

Die Alte, die mir öffnete, sitzt in einem Schaukelstuhl vor dem Fernseher und isst eine Mandarine. Sie öffnet sie langsam mit den Fingernägeln. Das Wohnzimmer ist klein: der Fernseher passt hinein, ein Stuhl und die Frau. Die Küche ist der Raum, aus dem der Geruch von frittiertem Fisch kommt, besser als Suppe. Ich bewege mich langsam, der Holzboden knarzt bei jedem Schritt und die Alte ruft, wir sollen leise sein, so könne sie ja nichts hören.

Ich folge Jessica in ihr Zimmer. Vor dem Spiegel steckt sie ihr in viele Zöpfe geflochtenes Haar mit einem lilafarbenen Band zusammen, ich finde es toll. Ich habe nur drei Haare. Das sagt zumindest meine Mama: »Komm her, ich kämm dir deine drei Haare.« Das Zimmer von Jessica ist wie meins, aber ohne Bruder, ohne Fernseher und mit einem Moskitonetz, das von der Decke hängt. Der Ventilator neben dem Bett und auf dem Bett drei Plüschteddys. Die Alte aus dem Wohnzimmer ist die Oma von Jessica und wird uns beibringen, wie man Totenlieder singt. Die anderen Mädchen sind noch nicht da, aber ich kann nicht länger warten. Wir gehen ins Wohnzimmer zurück und warten auf die Großmutter, die Geschirr abwäscht.

»Ihr Bastarde!«, ruft die Großmutter.

»Oma!«, sagt Jessica.

»Was willst du, Kind? Diese Bastarde vom Wasserwerk meinen, mit einer halben Stunde Wasser am Tag können wir alles machen. Und seit Tagen regnet es nicht.«

»Oma, wir müssen doch Alabaos in der Klasse singen.«

»Aber die Rechnung, die kommt komplett. Womit soll ich denn das Geschirr waschen? Mit Wasser aus der Kühltruhe? Wenn es nicht mal was gibt zum Geschirrwaschen, womit soll ich mich dann waschen? Bastarde.«

Sie trocknet sich ihre Rosinenhände mit einem Geschirrtuch ab, tritt aus der Küche mit einem Berg dreckigem Geschirr hinter sich und setzt sich ins Wohnzimmer. Sie greift wieder zu der Mandarine.

»Was für Alabaos?«, fragt die Großmutter.

»Die von toten Kindern«, antworte ich.

»Die heißen Gualíes, Mädchen«, verbessert sie. Mal schauen, ich werde euch ein kurzes beibringen von meiner Freundin: Rosa Wila.

Sie steht aus ihrem Stuhl auf und fängt an zu singen, als ob sie eine Orange wäre, der man die Schale abzieht. Es scheint ihr wehzutun.

> Aaaadioooos mein Junge, die Herrlichkeit ruft dich.
> Aaaadioooos mein Junge, die Herrlichkeit ruft dich.

Sie stellt sich hin, blickt zu uns, damit wir mit ihr zusammen singen. Jessica stimmt ein, als sie sieht, dass ich wie gelähmt bin, zwickt sie mich in den Hintern, so dass ich quieke und in den Chor miteinstimme. Die Großmutter schnappt sich meine Hände und bewegt sie. Während Jessica singt, flüstert mir die Alte zu, dass die Kraft aus den Händen komme, meine blasse Stimme sei egal, wenn ich sie bewegen würde, komme das Lied kräftiger, mit mehr Gefühl heraus. Ich erwidere ihr, dass ich nicht so gut sei wie sie und sie sagt mir, unwichtig, Hauptsache, ich habe Achtung vor dem, was ich singe.

Wir drei singen:

> Aaaadioooos mein Junge, die Herrlichkeit ruft dich.
> Aaaadioooos mein Junge, die Herrlichkeit ruft dich.
> Kindchen steig zum Himmel auf, die Herrlichkeit ruft dich.

Die Großmutter belohnt uns mit zwei Mandarinen und bittet uns im Gegenzug um einen Gefallen, indem sie jeder einen Eimer gibt, damit wir Wasser aus dem Reservetank der Nachbarin holen. Nachdem wir das Wasser geschleppt haben, verabschiede ich mich und gehe allein nach Hause. Mein Papa hatte einen Termin beim Friseur und konnte mich nicht abholen. Besser so. Ich übe das Lied auf der Straße. Ich singe schief wie eine Ziege, die Leute lachen, aber es macht mir nichts aus. Ich fühle mich stolz, den Mund stopfen werde ich der Señora Paciencia mit meinem Gesang.

*

Der Junge wacht morgens immer als Erster auf. Gina hat mir von ihrem Mutterinstinkt für das Baby kein bisschen überlassen. Diese innere Uhr, von der man spricht, ist in meinem Fall die des Kindes: Er zieht mir an den Ohren, fasst meine Nasenspitze an, pustet mir in die Augen, und es funktioniert. Er redet auch mit mir:

»Ma, da ist Musik draußen.«

Trompete, Saxofon, Pauke, Klarinette; alle Blasinstrumente und Percussion, die eine Chirimía erklingen lassen. Ein Skandal neben dem Haus der Nonnen.

»Der Tote in den Ofen und der Lebende zum Tanz«, sagt Carmen Emilia aus dem Nachbarbett.

»Es ist noch sehr früh, um tanzen zu gehen, wir haben gerade für ein Mädchen Totenwache gehalten«, sage ich.

»So ist das hier«, erwidert sie und steht aus dem Bett auf.

Licht und Musik treten ohne Erlaubnis durch das Fenster ein, auch der Geruch von feuchten Kräutern, von Erde, von Flusswasser. Die beiden Frauen um die 50 sind instinktiv früh aufgestanden, um das Frühstück für alle vorzubereiten. In dem anderen Bett schnarcht die Bootsführerin und wälzt sich zwischen den Laken, sie kratzt sich die Beine im Schlaf: das Zimmer ist voll von Mücken, aber keine hat mir den Jungen gestochen.

Die Klarinette ruft und die Trommel antwortet, der Junge bewegt sich besessen vom Rhythmus, dreht sich im Bett, rutscht zwischen die Laken, fällt sicher auf den Boden und öffnet die Tür, durch die er hindurchschlüpft wie ein Wurm. Er verschwindet. Erscheint. Macht mir Zeichen, dass ich ihn begleite, und ich kann nicht Nein sagen, ich krieche zur Tür wie die Llorona. Der Junge tanzt und schüttelt sich, es ist, als ob er eine Trommel in sich trägt. Er durchquert den Flur, während die Passagiere des Bootes vor ihren Zimmern stehen bleiben, in die Hände klatschen und ihn im Chor begleiten, ihm zurufen, wie toll. Die Fünfzigjährigen kommen mit der Schöpfkelle in der Hand aus der Küche, schwingen die Hüften. Der Junge hebt die Hände, er verlangt nach mehr, ich weiß nicht, wann er gelernt hat, so zu tanzen. Ich gehe zu ihm, die Musik hält inne und wir bleiben allein zurück mit dem Gesang der Vögel. Die Leute gehen wieder in ihre Zimmer und der Junge legt sich mit dem Blick zur Decke mitten in den Raum, dort, wo gestern Abend Rossy sich befand, und ruft mir zu:

»Ma, ich bin tot vom vielen Tanzen.«

6

Eine der Nonnen bittet mich, sie zu begleiten. Als ob sie ihren Umhang anhätte, hält sie die Hände in Gebetshaltung, geht kleine Schritte und nimmt nicht mehr, als sie braucht, auch nicht vom Raum. Ich lasse den Jungen am Tisch sitzen, er macht gerade Brotkügelchen. Wir gehen durch den dunklen Korridor, wo mein Kleid wie eine Fahne hängt. Mary fuhr mit dem Boot und dem Leichnam ihrer Schwester frühmorgens los, zurück nach Quibdó. Amable und zwei Nachbarn begleiteten sie bis zum Anleger.

Die Bekanntschaft mit Rossy kurz vor ihrem Tod verbindet mich mit ihr in der Zukunft, auch wenn sie nicht mehr da ist. Vielleicht besuche ich sie und bringe ihr echte Blumen, sobald ich wieder in Quibdó zurück bin.

Eine der Sängerinnen, Cleo, ist zum Frühstück gekommen: Wo es einen Toten gab, ist noch Kaffee da. Aber darüber sprechen wir nicht mehr. Cleo erzählt uns, dass es im Hof ihres Hauses vier Hochbeete gibt, mit Duftkräutern und Blumen: sie will noch eins herrichten, Zwiebeln aussäen, um nicht immer die Nachbarin darum zu bitten. Sie braucht jemanden, der ihr beim Bau hilft. Die Fahrerin und Amable gehen Brot kauend zusammen hinaus, Carmen Emilia lädt sich selbst mit dazu ein, der Junge läuft hinterher und ich, aus Pflicht oder Neugier, auch.

Cleo lebt nebenan in einem Haus auf Pfählen, die wilde

Blumen verdecken, Fahrradreifen, Stämme, Fußbälle. Kinder können darunterstehen: Indios, Schwarze, Weiße, Zambos, Mulatten und Mütter, die sich darunterhocken, wenn sie sich verstecken müssen, um weiter am Leben zu bleiben. Zum Haus steigt man einige Holzstufen hoch, auf die sich Kinder setzen und Hausaufgaben machen. Sie sehen ein gelb gekleidetes Mädchen, ihre Beine hat sie zwischen die Stufen gesteckt. Die Mama, die neben der Tür sitzt, schält einen Maiskolben und fragt sie, wie viel 7 x 4 ist, so wie sie es mit mir vor vielen Jahren gemacht haben: 7 x 4? Ich bin still. Sitze auf den Stufen, nervös, schwitze, mir ist zum Weinen zumute. Wenn ich nicht antworte, wird sie mich wieder mit dem feuchten Zweig hauen. Sie sagt, ich soll aufschreiben: 7 x 4 =. Ich schaue auf den halb geschälten Maiskolben, ich beiße in den Bleistift, ziehe ein Gesicht, als ob ich rechnen würde, aber ich weiß nicht, wie viel 7 x 4 ist. Sie wird mich mit dem großen Schnallenriemen schlagen. Ich sollte die 7er-Reihe lernen. Ich hasse die 7. Deshalb wird es mir wieder passieren. Ich bekomme Lachen in die Hände. Ich fühle meine Finger voller Ameisen, ich kann den Stift nicht festhalten, ich bin eine Stoffpuppe. Meine Mama wird allen Frauen, die hier vorbeikommen, erzählen, dass mein jüngerer Bruder mehr weiß als ich.

»Mädchen, schreib.«

»Ma, ich hab Lachen in den Händen.«

»Kommst du schon wieder damit? Hände lachen nicht. Konzentrier dich.«

Der Stift fällt durch eins der Löcher in der Treppe, ich hebe ihn auf und reiche ihn dem Mädchen in Gelb. Die Mutter grüßt mich mit den Wimpern, die Hände sind mit einem neuen Maiskolben beschäftigt, die Maiskörner fallen heraus, sie wiederholt: 7 x 4?

Wir nehmen nicht die Treppe, umrunden das Haus, bis wir zu dem hinteren Teil kommen. Der Hof: ein Stück Erde mit Wäsche, die auf Leinen hängt, Bäume, ein kleiner Hühnerstall und vier Hochbeete – auf Pfählen wie die Häuser, aber kleiner – in denen Koriander, Basilikum, Zwiebeln wachsen. Stücke des Dschungels, der in Kisten geordnet ist.

Alles ist grün, außer der Escancel und irgendeiner orangenen Blüte. Die Blätter sind eine weitere Blüte, sie gehen nach innen auf, tragen eine Landschaft aus Wegen in sich, die wenige sehen. Der Junge liebt es, mir Blätter von der Straße zu bringen, er sagt, er hat sie nicht gestohlen, er hat sie gegen Wasser eingetauscht. Wenn er ein Blatt abzupft, gießt er ein Glas Wasser – oder Saft, was er eben zur Hand hat – auf die Pflanze. Wir kleben sie an die Wand des Zimmers, später versucht er, sie mit Grün in sein Heft abzuzeichnen. Bevor er Häuschen oder Familien in der Sonne malte, malte er Blätter.

»Warum gefallen dir die Blätter so sehr«, fragte ich ihn eines Tages.

»Weil sie auch Schwänzchen haben«, antwortete er, während er eins am Stängel hielt.

Die Blätter, die wir an die Wand kleben, trocknen, falten sich zusammen wie ein altes Männchen. Ich habe versucht, Blätter aus Stoff zu machen, sie werden aber verbogen, unperfekt. Es ist leichter, eine Blume nachzumachen als ein Blatt; weil Erstere so komplex ist und das andere so schlicht.

Grün ist die umfassendste Farbe. In diesem Hof gibt es Koriandergrün, Zwiebellauchgrün, Basilikumgrün, Zitronenmelissengrün, Unkrautgrün, verbranntes Grün, Palmengrün, Bananenblättergrün und Bananengrün, der Sonne ausgesetztes Grün, Wegerichgrün, Holundergrün, um die Guave zu verdrängen, Amarantgrün, Grün für die Pferde, Grün der Papayablätter, Grün, das piekt, Grün der Würmer, Grün des Mataratonbaumes, Eukalyptusgrün, Moosgrün, das die Bäume umarmt, die voller grüner Blätter sind.

Der Junge sieht eine Guanabana an einem Baum hängen und fragt, ob er sie pflücken darf. Nein, sage ich, sie ist noch sehr klein, wie er. Ein Guanabanakind. Er ist entmutigt, sucht nach etwas, das er tragen kann. Er läuft zu den Hühnern, hebt ein Küken hoch und fragt, ob wir es behalten dürfen.

»Wir können es nicht von seiner Mama trennen, es ist noch ein Baby«, sage ich zu ihm.

»Ich kümmere mich darum«, antwortet er und holt ein Kügelchen Brot aus seiner Tasche.

Das Küken pickt das Brot und zwickt den Jungen in die Hand, der schreit auf und lässt es auf den Boden fallen. Er will es nicht mehr. Das Küken rennt zu seiner Mutter und sie begeben sich beide in den Hühnerstall, wo sie losgackern.

Stolz, mit geschwollener Brust und den Rock drehend, erzählt uns Cleo, dass sie ihre Hochbeete selbst gebaut hat. Ein Nachbar habe ihr die Kiste Holz geschleppt und sie habe den Rest gemacht: das Substrat ausgeschüttet, den Kompost tagelang hergestellt, die Samen gesät. Sie habe sie weder zu hoch gemacht – draufklettern muss man nicht – noch zu niedrig: wenn man sich bücke, würde man vielleicht nicht wieder hochkommen. Die Hochbeete, grüne Tischlein, sind ihre Töchter.

»Wo werden Sie denn aussäen? Ich sehe keine weiteren Kisten«, fragt Carmen Emilia.

Cleo zeigt auf ein kleines Pangaboot – so eines, in das nur zwei Personen stehend passen –, das verlassen unter dem Haus steht, zwischen Pfählen und Unkraut. Es ist kaputt, sie bekam es vor Kurzem geschenkt und will darin aussäen. Alle in Tagachí kennen es, wie eine Bank in einem Dorf, auf der stets der gleiche Verrückte sitzt. Sie haben es gut gepflegt, eine lange Reise hat es nicht verkraftet, aber sie haben damit in Ufernähe gefischt. Bis es eines Morgens kaputt aufwachte. Der Junge und ich stellen uns unter das Haus, schieben zwischen den Pfählen, wie ich als kleines Mädchen den roten Willy meines Vaters anschob, wenn er sich festgefahren hatte. Amable und die drei Frauen ziehen mit aller Kraft von draußen. Das Boot kommt heraus und wir ziehen es nicht sehr viel weiter, Cleo möchte es neben dem Haus lassen, damit es nicht stört.

»Zwiebeln willst du in so etwas Schönem säen? Warum nicht Blumen?«, wirft Carmen Emilia ein.

»Blumen kann man nicht essen«, antwortet Cleo. »Außerdem haben die Vorfahren von früher ihre Beete auch so angelegt.«

Während sie spricht, stößt Cleo die Sätze hervor wie gestern die Alabaos. Sie sucht ein neues Wort, aber sie kennt nicht viele mehr, und es ist auch nicht nötig. »Vorfahren von früher«, mit Handbewegungen nach vorn und hinten, reicht aus. Der Junge macht das Gleiche, wenn er etwas möchte, mit all seiner Kraft: »Ma, dieses Auto«, »Ma, dieses Flugzeug mit Lichtern«, »Feuerwehrauto«, »Kaninchen«. Mit Handbewegungen bat er mich, dass ich ihm eine Schachtel mit 24 Farben kaufe, die viele Grüntöne enthielt. Sie kostete mich 40 Mohnblumen.

Die liegen gelassenen Holzstämme unter dem Haus dienen als Gerüst, auf dem wir das neue Beet anlegen. Cleo geht ins Haus, der Mixer ertönt. Carmen Emilia setzt sich an eine Wand, erzählt, wie schwer es sei, die Erde aus den Fingernägeln herauszubekommen, nachdem man Pflanzen eingepflanzt hat. Die Fahrerin erwidert, Nägel bunt zu lackieren, sei die Lösung. Amable, weit entfernt von solchen Überlegungen, bearbeitet die Stämme mit einem Fuchsschwanz, dann hämmert er. Der Junge schaut ihm zu. Es dauert nicht lange, dann möchte er bitte auch ein Stückchen Holz sägen.

Ich gehe zwischen den Beeten umher auf diesem Hof, wo aus allem etwas Eigenes erwächst: das Huhn, das Küken. Der Baum, die Zweige. Ich bleibe vor einer Pflanze stehen, die gerade einen Spross zur Welt bringt: in der Mitte des Stängels tritt eine Wölbung hervor, ein kleiner, grüner Kringel. Eine Mutter ist eine Schale. Sie bewahrt den Samen auf, umhüllt ihn, beschützt ihn, öffnet sich, damit die Frucht herauskommt. Die Mutter hat das Kind in sich, das Kind hat die Mutter um sich. Der Junge ist ein Keim, den man vor einigen Jahren neben mich gesät hat, in den gleichen Blumentopf.

Wir trinken Kaffee in der Sonne, der Junge Guavensaft. Ihm ist langweilig, er läuft umher, zieht sich das Hemd aus, rupft Blätter ab, die er in seiner Tasche aufbewahrt. Er klettert eine Wand hoch. Ich rufe: »Pass auf!« Er springt, rutscht aus, steht wieder auf und geht weiter. Das Mädchen auf den Stufen hat das Heft liegen gelassen und steigt jetzt auf das Fahrrad, fährt, ohne etwas zu sagen, in seinem gelben Kleid spazieren. Es lächelt mit den Augen. Der Junge, der die Aufmerksamkeit wieder auf sich lenken will, bleibt neben einer Schlingpflanze stehen, bricht einen Zweig voller Blätter ab, rollt ihn zusammen und steckt ihn sich auf den Kopf mit den Worten:

»Ich bin die Bergmutter Madremonte!«

Wir lachen, selbst das kleine Mädchen, das weiterfährt, weil es den Ruf der Mama hört.

»Die Madremonte ist eine Frau und Mutter. Du bist ein Junge«, sagt die Bootsführerin.

»Dann bin ich der Bergjunge«, erwidert er und hüpft erneut von der Mauer.

Mein Junge, und jeder Junge, springt niemals nur einmal. Sie haben keine Angst, sie leben auf dem Boden, auf den Knien. Hinfallen ist ein Spiel, das Tränen und Schrammen mit sich bringt, die sie stolz machen. Wenn wir zum Markt gehen, zeigt er seine neueste Wunde dem Tomatenmann, erzählt ihm, wie er sie bekommen hat, wie lange er geweint hat, und der Mann, als ob er die Neuigkeiten des Tages empfängt, hört ihm bis zum Schluss zu. Manchmal bekommen wir einige Tomaten extra – dank der Stürze des Kindes.

Ein Küken kommt aus dem Hühnergehege heraus, läuft im Kreis und versteckt sich wieder. Der Junge geht hinter ihm her ins Gehege und gackert mit.

Die Konstruktion sei fertig, sagt Amable. Cleo dankt dem jungen Mann, lässt die Kaffeetasse auf der Mauer stehen und befüllt das Hochbeet mit Erde und Substrat, die Fahrerin hilft ihr dabei. Ich lange nicht mit hinein, ich kann nicht wirklich mit Pflanzen umgehen. Zweige, Stämme und Abfall sammele ich auf. Widme mich dem Zuhören. Die Frauen von hier sprechen nicht von dem, was sie tun, während sie es tun. Mit den Händen in der Erde spricht Cleo von ihrem Mann: Einem Fischer aus Murindó, den sie seit Jahren nicht mehr gesehen hat. Sie wühlt in der Mischung, sie breitet das Düngemittel aus, während sie erzählt, dass sie ihn in einem Kanu kennengelernt hat: »Ich fuhr nach Murindó zur Messe für meine Patentante, sie hatte Geburtstag, und der Schwarze war im Kanu, als ich einstieg. Es kam heraus, dass meine Patentante auch seine ist.« Die Fahrerin hebt den Sack mit dem Substrat an und schüttet den Inhalt in das Boot, Cleo durchmischt weiter. »Wir sprachen die ganze Messe über, ich hatte einen lila Rock und eine lila Bluse an, die etwas heller war als der Rock. Er trug ein gelbes T-Shirt mit einem Loch in der Schulter, ein Rattenbiss, ich erinnere mich, weil ich später dieses Hemd mit weißem Garn wieder heil gemacht habe. Vor der Kommunion berührte er meine Hand, und ich ließ es geschehen.« Aus der rechten Tasche holt Cleo ein Taschentuch und faltet es auseinander, darin sind Samen eingewickelt. Sie bohrt mit dem Zeigefinger Löcher in die Erde und legt sie, einen nach dem anderen, hinein, als wenn sie ihnen Namen geben würde. »Er hat mir das erste Beet gebaut, dann haben sie ihn mitgenommen, in die Berge haben diese Leute ihn mitgenommen.«

Wenn die Samen im Hochbeet aufgehen, werden sie aussehen wie wir während unserer Reise auf dem Fluss: ruhig, abwartend, unter der Sonne, auf dem Wasser. Von dem Jungen kein Laut, ein schlechtes Zeichen. Ich schaue in das Hühnergehege, nichts, er ist nicht da. Ich suche zwischen den Pflanzen, hinter der Mauer, unter dem Haus. Ist er in ein Zimmer gegangen, ins Bad? Auch nicht. Ich gehe zu den Nonnen und frage sie. Nein, niemand hat ihn gesehen. Der Junge taucht nicht auf. Die Straße ist verlassen, es ist nach 12 Uhr und die Leute essen zu Mittag.

»Kann es sein, dass er schwimmen gegangen ist?«, fragt Amable.

»Schwimmen, nein. Er kann nicht schwimmen, wir können beide nicht schwimmen«, antworte ich.

»Sie gehen zur Anlegestelle, wir fragen in den Häusern nach. Er muss hier irgendwo sein und spielen«, sagt Carmen Emilia.

Die Mittagssonne drückt, brennt. Am Anleger ist die Frau mit der Guama, sie hat keinen Jungen nach meiner Beschreibung gesehen. Es riecht nach frittiertem Essen, nach Fett. Die Leere in meinem Bauch kommt wieder: Welche Sorte Mutter lässt ihr Kind sich in der Nähe des Flusses verlaufen? Eine Mutter wie ich, ungenügend. Was soll ich Gina sagen? Dass ich das Kind, das sie verlassen hat, verloren habe? Vielleicht bin ich eine genauso schlechte Mutter wie sie. Wir gehen zum Haus zurück: Er ist nicht da. Ich verliere den Jungen auf dem Weg, ihn zu verlieren, zwei Stunden vor der Ankunft in Bellavista.

Ich weine, renne, flehe um Hilfe, beruhige mich, weine wieder mit den Händen, die in den Vordertaschen stecken, ich ziehe so sehr an dem Kleid, dass eine der Taschen reißt. Ich laufe weiter im Eiltempo, Übelkeit und Angst. Ich gehe den linken Bürgersteig entlang, klopfe an Türen, unterbreche Mittagessen.

»Hallo, haben Sie ein Kind ohne Hemd gesehen, meinen Sohn?«

Ein Mann, auch ohne Hemd, der Reis kauend geöffnet hatte, ruft von der Tür aus ins Haus:

»Hey, Frau, hast du einen kleinen Weißen gesehen?«

»Nein, er ist nicht weiß«, sage ich zu ihm.

»Einen Jungen«, ruft er und kratzt sich am Kopf.

Die Frau, die ein Baby auf dem Arm trägt, antwortet, nein. Sie fragt, ob ich schon das Flussufer abgelaufen bin oder ob ich den Jungen unter den Betten gesucht habe, manchmal würden die Kinder sich da hinlegen und bei der Hitze schlafen. Ich nicke, aus mir kommen keine Worte heraus. Die letzten beiden Häuser in der Straße sind leer, was danach folgt, ist purer Dschungel. Ich weine lautlos vor einem Baum. Ich drehe mich halb um, um zurückzugehen, aber da höre ich ein Geräusch, die Stimme eines Mannes. Ich nähere mich, sie wird klarer: »Hier werden die Kugeln aufgehoben.« Meine Füße verlieren sich im Gras, ich beschleunige den Schritt, Bäume schirmen gegen die Sonne ab und die Luft wird kühler. Ich schiebe Zweige zur Seite, folge der Stimme: »Das haut sogar einen Elefanten um.« Neben einem Baum: der Junge zusammen mit einem Mann mit rotem Halstuch und schwarzen Stiefeln. Er hat eine Waffe, der Junge fasst sie an und sagt: »Bumm, Bumm.« Der Mann korrigiert ihn, sagt, dass sie so nicht klinge, es sei eher: »Tra-tra.« Und der Junge wiederholt: »Tra-tra.«

»Ich habe dich gesucht.« Ich nehme den Jungen an der Hand, blicke den Mann an, der nicht älter als 20 ist. Noch ein Junge, aber stärker. Ich gehe ohne ein Wort weg, laufe so schnell ich kann. Ich habe Angst, mit dem Rücken zu ihm zu laufen. Von Weitem höre ich, wie er ruft:

»Das ist mit Holz. Pass darauf auf.«

Ich sage dem Jungen nicht, dass man das nicht macht, dass er sich nie wieder von mir entfernen soll, dass er bestraft wird. Ich schlage ihn nicht, noch nehme ich ihn auf den Arm und drücke ihn so fest, bis er schreit. Wenn ein Kind wieder auftaucht, nachdem es verschwunden war, weil es spielte oder vernachlässigt wurde, empfängt man es nicht mit einer Umarmung. Die Angst und die Wut werfen sich über ihn, kneifen ihn, ziehen ihn an den Ohren und der Kleine versteht nicht, warum Spielen schlecht ist. Sie sind böse auf ihn, dass er wieder auftaucht, fast darüber, dass er lebt. Als wir weit genug entfernt sind, bleibe ich stehen und umarme ihn.

»Die Waffe, die der Mann hatte, ist kein Spielzeug. Wenn du so eine siehst, geh weg.«

»Ja, Ma.«

Einen Sohn zu haben, bedeutet die ganze Zeit, Formen zu finden, die Welt zu erklären. Schreckliche Dinge in Worte zu fassen, Wunder, Vorahnungen. Von Dinosauriern zu sprechen, ohne eine Ahnung zu haben. Wenn mein Kind eine Geschichte nicht überzeugt, sagt er ruhig: »Ma, das glaube ich dir nicht.« Manchmal bin ich das kleine Mädchen und er ist es, der mir Sprechen beibringt. Ich kann ihm erklären, wie ein Fluss entspringt, wie sein Schutzengel es macht, um ihm zuzuhören, wenn er betet, oder warum die Uhus und Fledermäuse hervorkommen, um des Nachts zu fliegen. Ich weiß auch, dass ich ihn seiner Mutter und seinen Geschwistern vorstellen kann. Was ich nicht herausfinde, ist, wie ich ihm erklären soll, warum ein Mann eine Waffe mit sich trägt.

Wir kehren zu Cleos Hof zurück, alle reden miteinander neben dem neuen Hochbeet. Bevor Carmen Emilia ruft oder fragt, wo wir gewesen seien, gebe ich ihr ein Zeichen zu schweigen. Die Bootsführerin sagt, dass es Zeit sei, aufzubrechen, wir sollen die Sachen holen und sehen uns beim Anleger. Sie nimmt den Jungen an der Hand und geht mit ihm voraus, damit ich in Ruhe den Koffer suchen kann. Ich erzähle Cleo, Amable und Carmen Emilia, dass mein Junge bei diesen Leuten war. Seit Tagen würden sie durchs Dorf ziehen, als ob Karneval wäre, erzählt Cleo: sie betrinken sich in den Geschäften, gehen in die Häuser hinein, überfallen die Küchen, vergreifen sich an den Mädchen und hinterlassen mit ihren Stiefeln sumpfigen Boden.

Ich habe gelernt, fortzugehen, schnell und ohne Versprechen zu geben, mich an nichts zu binden außer an das Kind. Wir Passagiere kommen vor dem Haus der Nonnen zusammen. Niemand spricht mehr davon, was passiert ist, es bleibt nur Schweigen. Der Junge kommt an meine Seite: »Verabschiede dich, sag danke«, sage ich zu ihm. Er ist müde von der Reise, davon, von so vielen Orten in so kurzer Zeit aufzubrechen, von so vielen Fragen, die er in seiner Tasche trägt und die er mir stellen wird, sobald wir zu Hause angekommen sind. Er lässt seine Schultern hängen, geht und ist zerstreut: traurig. Wenn er wüsste, dass ich auch nicht wegfahren möchte, dass ich nach Hause zurückkehren möchte, zu den Stoffen, Blumen, Heften. Eine der Nonnen überreicht mir einen Rosenkranz, ich hänge ihn dem Pinguin des Jungen um und verstaue ihn in der Tasche. Langsamen Schrittes entfernen wir Fahrgäste des Bootes uns, ohne Mary, ohne Rossy, ohne das weiße Kleid mit den blauen Streifen, das im Hof der Nonnen hängt als Andenken. Aus manchen Fenstern winkt eine Hand und sagt uns Adiós.

Am Anleger ist nur Amable, der uns empfängt, als gingen wir das erste Mal an Bord. Er sagt, es sei nicht mehr weit, wir sollten daran denken, was wir gleich essen werden, wenn wir in Bellavista ankommen. Für einen Augenblick verspüre ich den Impuls, nicht einzusteigen, um Asyl bei den Nonnen zu bitten, mit dem Jungen zusammen zu bleiben. Er ist noch klein, hier können sie ihn mir nicht wegnehmen. Dann werden wir weitersehen. Alle sind eingestiegen, bis auf den Jungen und ich. Eine Vorahnung ist etwas Kleines, Tiefes, wie die Leere im Bauch. Er übernimmt die Entscheidung für zwei und springt. Wir kehren zum Fluss zurück: diese Wunde voller Fische. Wir setzen uns auf die gleiche Bank, wo uns Carmen Emilia erwartet, sich räuspert, ihre Tasche umfasst und sagt, dass sich ihre Reise gen Ende zubewege, in Vigía del Fuerte steige sie aus. Das Beste sei, wir fingen an, uns zu verabschieden.

7

Alle im Boot dösen vor sich hin, außer Amable, der gleichmütig steuert. Der Junge schläft auf meinem Schoß, er hat nicht mehr danach gefragt, wie lange es noch dauert, bis wir ankommen. Vielleicht ist er verwirrt von den vielen Pausen auf der Strecke, die er wie ein »Ankommen« erlebt. Er begibt sich in jeden Ort hinein, als ob wir dort für immer blieben und wenn es Zeit ist, abzufahren, schwört er, dass er wiederkommt und mehr Zeit mitbringt.

Wir werden es nicht schaffen, rechtzeitig am Haus von Gina anzukommen, ich würde gern Carmen Emilia bitten, dass sie mich in ihrem Haus in Vigía beherbergt, aber wir sind müde von der Fahrerei auf dem Wasser. Ich möchte mich aber auch nicht von ihr verabschieden, ohne dass ich ihr mehr Dinge erzähle und sie mir etwas von sich. Ich möchte, dass wir eine Flussfamilie sind. Sie merkt, dass ich sie beobachte, und fragt mich, was los sei. Sie sagt: »Sprich, Mädchen.« Ich schleiche mich in ihre nächsten Erinnerungen, indem ich ihr meine erzähle.

Um neun bringe ich das Baby ins Bett, ausgebreitet wie Kunsthandwerk des Dorfes auf einem weißen Laken. Er schaut zur Decke, als wenn er die Sterne sehen könnte, den Nabel wie eine Klingel und mit den Füßen Tango tanzend. Er schläft nicht. Ich lege mich zu ihm, mit dem Gesicht nach oben, aber wir sehen nicht das Gleiche. An der Decke ein verlassenes Spinnennetz: Gefahr. Ich beuge mich unter das Bett, hole die Bettwäsche hervor und verschiebe den Nachttisch, um die Spinne zu suchen. Sie ist nicht da. Ich lege mich wieder hin und warte. Das Baby ist weiter wach und schaut nach den Sternen.

Um elf regnet es. Eine Mücke kommt unter das Moskitonetz und sticht ihn in die Wange. Ich mache ihm Spucke darauf. Ich lecke den Jungen ab wie eine Kuh ihr Kälbchen. Ich verfluche die Mücke, die in einem Brunnen beim Haus geschlüpft ist.

Um drei schlafe ich ein beim Beten, dass der Junge schläft.

Um fünf habe ich dreimal die Nuckelflasche gefüllt, und schließlich finde ich die Mücke, die ich zwischen den Handflächen töte. Er erschrickt und weint, wegen der Mücke weint das Baby. Zum ersten Mal erkläre ich ihm etwas: Wir können nicht Freunde der Mücken sein.

Um sechs taucht die Sonne am Pazifik auf.

Die Kinder sind Vögel, bis sie sprechen. Ich erzähle ihm Dinge, ihm und der Eule, die sich ans Fenster setzt und uns anschaut. Ich erkläre ihnen, wie man ein Hemd näht, eine Ananas schält, die Kassette in den Rekorder steckt und dass daraus erklingt: »Zwei Gardenien für dich / Mit ihnen will ich sagen / Ich liebe dich, ich verehre dich, mein Leben.« Unmöglich, dass mein Kind das wiederholt. Er bläht die Wangen auf, möchte sprechen, aber die Worte kommen nicht heraus.

In einer Nacht bringe ich ihm nur »Ma« bei.

In einer anderen Nacht: »Nein«.

Ich melde ihn in einer Vorschule sechs Straßen weiter an. Großer Hof, drei Klassenräume mit Fenster, beige Wände und Ventilatoren.

»Warum müssen wir uns schon waschen?«
»Weil wir in die Schule gehen.«
»Was ist eine Schule?«
»Ein großes Haus, in dem Kinder malen lernen.«
»Ich kann schon malen.«

Ich übergebe ihn der Lehrerin Martha. Sie zeigt ihm einen Turm mit Spielzeug, während sie mir Zeichen gibt zu gehen. Sie schließt die Tür und der Junge fängt an zu schreien. Er brüllt das Wort »Ma«. Er hämmert an die Tür, kratzt, er ist eine Katze. Die Lehrerin erwähnt etwas von einer Knete, die nach Erdbeere riecht. Sein Weinen entfernt sich und ich setze mich mit dem Rücken an die Wand neben die Tür. Ein Herr mit einem Karren Bananen kommt vorbei, drei ungekämmte, alte Frauen, ein junger Mann auf einem Fahrrad. Wolken und Karren ziehen vorbei. Als die Uhr zwölf anzeigt, strecke ich die Hand aus und klopfe an die Tür.

Jeden Tag gebe ich dem Jungen eine Mutter. Eine, die in Kleider gehüllt ist, um auf den Markt zu gehen. Die Frauen sehen den Jungen wie immer: größer, sie reden mit ihm wie mit einem Alten, obwohl er erst drei Jahre alt ist. Ich suche derweil eine große Kokosnuss aus: so dass ihr Wasser für uns beide reicht. Am Lachen der Frauen erkenne ich, wo er ist. Er hat sich das Hemd ausgezogen, die kurze Hose, er läuft nackt mit den Anziehsachen in der Hand, zwischen Schalen mit Fisch und Karren mit Lulos, Ananas und Mangos. Er glänzt in der Sonne vor Hitze. Ich lache mit ihnen und sage dem Kleinen nichts davon, die Mutter, die ich ihm gebe, lässt ihn Kind sein.

Heute ist sein Geburtstag, ein Samstag im August, sonnig und mit einem kühlen Wind, der über verlassenes Land auf kleinen Hügeln weht, wo Kinder Fußball spielen und Drachen steigen lassen. Ich habe ihm als Geschenk einen Drachen in Form eines Vogels gekauft, und eine Torte. Er pustet die Kerze aus und bettelt:
»Ich will einen Fußball.«

Vom Fenster aus passe ich auf den Jungen auf, er spielt mit sechs anderen Kleinen in seinem Alter Arrancayuca. Die Straße, in der wir wohnen, ist eine Sackgasse voller Bäume, die zu Weihnachten voller Lichter sind. Das größte Kind umfasst einen Baum und die anderen bilden eine Schlange hinter ihm und umfassen die Taille des Kindes vor sich. Eins, zwei, drei: sie ziehen mit dieser kindlichen Kraft, die im Lachen endet. Junge Nummer sieben fällt hin, klopft sich die Hose ab und setzt sich auf den Bürgersteig, um zuzuschauen. Eins, zwei, drei: sie quieken, ziehen, aber niemand fällt. Eine Frau ruft: »Kamir!« aus einem der Nachbarhäuser. Junge Nummer sechs verlässt das Spiel und geht nach Hause. Eins, zwei, drei: Mädchen fünf und vier fallen. Sie klopfen sich die Kleidung aus und bleiben bei dem Baum. Eins, zwei, drei: mein Junge und Mädchen Nummer zwei ziehen an dem ersten Jungen, die größte Yucca, die am Baum festhängt wie ein Floh. Nichts. Ich gehe weg vom Fenster und öffne die Tür, bereite mich darauf vor, dass der Junge verliert. Eins, zwei, drei: sie ziehen erneut und es fällt mein Junge und lacht sich tot. Er macht sich nicht einmal die Hose sauber. Die Kinder – die Herausgezogenen – rufen im Chor: »Isa, Isa, Isa!« Eins, zwei, drei: Isa umfasst den Jungen, der sich am Baum festhält, am Bauch, sie lächelt und zieht. Ich gehe im Pyjama raus, um aus der Nähe das Finale zu sehen, drei Mütter tun das Gleiche. Isa zieht, als ob davon ihr nächstes Geburtstagsgeschenk abhängt, die Hände fangen an zu rutschen, die Sandalen, der Schweiß rinnt ihr über die Stirn. Isa stößt einen letzten Schrei aus, zieht den Jungen Nummer eins heraus und beide fallen hin. Isa, Siegerin. Mein Junge kommt zu mir, als er mich sieht, und zeigt mir seine blutigen Ellbogen. Während ich zu Hause seine Wunden behandele, beschreibt er mir das ganze Spiel, das ich vom Fenster aus beobachtet habe.

Die Erinnerungen, von denen ich Carmen Emilia erzähle, umschlingen sich mit Mangroven, Blumen und Früchten, die man weder sehen noch essen kann, aber da sind, bei den Geschichten, die der Dschungel aufbewahrt, und bei den Gesängen der bunt gefiederten Vögel. Sie schaut mich interessierter als vorher an, als ob sie herausfinden will, wann ich die fünf Falten im Gesicht bekommen habe. Müde vom Betrachten des Flusses, der auch eine Falte ist, auf die viel Regen fiel, fragt sie mich:

»Wann werden Sie es ihm sagen?«

»Ich weiß nicht, ob ich es ihm sagen werde. Ich will ihn nicht verlieren.«

»Kinder gehören eher dem Fluss als den Müttern.«

Mehr sagt sie nicht, sie lässt mich mit dieser Wahrheit allein, die Mütter – solche wie mich einbezogen – sich ständig sagen, an die wir es aber nicht schaffen zu glauben.

Ich weiß, dass er nicht mir gehört, deshalb umsorge ich ihn umso mehr: zweimal in der Nacht stehe ich auf, um zu schauen, wie es ihm geht, ich kaufe ihm diesen teuren Joghurt mit Abwehrstoffen – ich glaube zwar nicht, dass sie enthalten sind, aber ich fühle mich ruhig, wenn ich ihn zu mir nehme –, ich lasse ihn spielen gehen und passe am Fenster auf ihn auf. Eine Mutter fürchtet, jeden Moment ihr Kind zu verlieren, und ich fürchte mich doppelt, weil es nicht meins ist. Wenn Gina ihn bei sich behalten will, muss sie mich mitnehmen. Ich bin Teil des Kindes, das immer noch auf meinen Beinen liegt und schläft. Wecken möchte ich ihn, Wörter ihm sagen, die ich ihm nie sage, die ich mich nicht traue auszusprechen, weil er nicht mir gehört. Dass das Käppi ihm gut steht, dass er groß geworden ist, dass seine Zeichnungen die besten in der Klasse sind: dass er ein Künstler ist. Das sagt mehr als »ich liebe dich«. Eines Tages traf er mich im Hof, wie ich sein einziges Lieblingskissen wusch, mit der Baumwollfüllung nach außen, ich legte es zum Trocknen in die Sonne wie frische Bohnen oder Erbsen. Er fragte mich:

»Was ist Lieber?«

»Wo hast du das gehört?«

»Ein Junge sagt, dass seine Mama zu seinem Papa immer sagt: Lieber, das Essen ist fertig, aber er heißt nicht Lieber, er heißt Ricardo. Andere haben gesagt, dass ihre Mamas das auch machen. Dann fragten sie mich, ob du zu Papa auch »Lieber« sagst.

Ich zog mit den Fingern die Baumwolle auseinander, damit sie schneller trocknet und der Junge ein trockenes Kissen heute Abend hat. Die Liebe, so sagte ich ihm, ist alles, was man mit den Händen machen kann und ein Spitzname ist sie, den die Leute benutzen, wenn sie viel Vertrauen haben und das Kissen miteinander teilen. Später ging ich mit ihm Eis essen.

Die Bootsführerin schaltet einen der beiden Motoren aus, pfeift eine Melodie. Arbeit und Gesang. Sie stützt die Hände am Rand des Bootes auf, sie scheint so müde davon, uns flussabwärts zu bringen, uns, die wir halb schlafen und beladen sind mit dem, was wir bei der Ankunft zu tun haben. Ich bin auch müde davon, den Jungen zu tragen, mich zu erinnern, stark zu sein. Meine Augen werden mir schwer.

Ein Traum: ich bin mit meiner Mama am Anleger von Quibdó, als eine kaffeebraune Welle bis auf Höhe der Kathedrale anschwillt. Der Fluss erhebt sich wild wütend, voller Schaum und Müll, und verdeckt die drei-Uhr-Nachmittagssonne. An ihrer rechten Hand hält meine Mama ein Mädchen fest: mich, als ich neun Jahre alt war. An ihrer linken: mich, so alt wie ich jetzt bin, mit dem Jungen an meiner Hand. Mädchen, Mama, Mama, Junge. Wir vier rennen durch heiße Straßen, ohne uns loszulassen, entfernen uns vom Fluss. Ich bitte meine Mama, ihre Sandalen auszuziehen, denn so kommen wir nicht voran. Sie hört auf mich. Ich sage ihnen, wohin wir rennen: ich bin die Mama des Jungen, des Mädchens und meiner Mutter.

Ich öffne die Augen, lehne an der Schulter von Carmen Emilia, immer noch mit dem Jungen auf meinen Beinen.

Sie schlief auch, wie eine alte Henne, und wacht auf, als ich den Kopf hebe.

»Heiliger guter Gott, schaut mal. Wir sind angekommen«, sagt Carmen Emilia.

»Angekommen?«, sagt der Junge, der gerade aufwacht.

»Ich bin angekommen, ihr fahrt weiter.«

»Ich will auch ankommen«, sagt der Junge und weint, müde, wütend.

Ich nehme ihn in den Arm und verspreche ihm, dass es gar nicht mehr weit ist. Was dem Jungen äußerlich wehtut, schmerzt mich im Inneren.

Amable kommt zu uns, will der Señora mit den Taschen helfen und ihr eine Hand reichen, bis sie auf festem Boden steht. Sie steht auf, streicht mit ihren breiten und dicken Handflächen den Rock aus, blickt um sich und ich blicke sie an: so viele Jahre in ein Gesicht gepresst. Ihre Bluse ist von der Hitze schweißgetränkt. Sie kommt nahe an mich heran und flüstert mir zu: »Die Mama ist diejenige, die die Ohren reinhält, wenn dem kleinen Jungen Schläge ins Gesicht prasseln. Aber wenn er größer wird und die Straße erobert, wird er sich nicht daran erinnern, was Sie getan haben, damit er die Vögel singen hört.« Sie umarmt mich mit ihrem ganzen Körper und es fühlt sich an, als ob ich in den Fluss fallen würde. Dann legt sie ihre Hand auf den Kopf des Jungen und sagt ihm, dass er mehr Avocados essen muss, wenn er wachsen will – sie weiß, dass er sie nicht mag. Er sagt, ja, Señora, und hält sich an meinem Kleid fest. Das mit einem schwachen Seil an der Mole befestigte Boot wiegt sich auf den schüchternen Wellen des Atrato. Carmen Emilia verabschiedet sich mit einem Winken von allen. Die Fahrerin umarmt sie länger als mich. Sie steigt aus – betritt die Planken der Mole – mit ihrem Körper, der müde ist von so viel Fluss. Amable, der auf der Reise gelernt hat zu weinen, reicht ihr die Tasche, den Koffer und bekommt einen Klaps auf die Schulter. Diese Arbeit voller Abschiede tut ihm nicht gut. Oder macht ihn stärker. Die Señora geht fort, steigt eine Holzrampe hinauf und verschwindet zwischen vielen Bäumen, die die Häuser verdecken. Eines Tages werden wir sie dort besuchen.

Auf einem Ast, der im Fluss treibt, trifft ein Reiher Entscheidungen: nach rechts oder nach links fliegen, Richtung Golf von Urabá oder Caucatal. Er schaut eine Weile nach rechts, nimmt Abschied und fliegt nach links, wohin auch wir fahren. Der Fluss Atrato ist eine schwarze Frau, die ihre Kinder ernährt, schmale Flüsse, die aus ihr entspringen und kleinen Dörfern zu essen geben. Das Boot kommt vom natürlichen und unendlichen Kurs des Wassers ab und wir begeben uns in eins der Kinder des Flusses, der letzte schwarze Seitenarm, den wir noch durchqueren müssen.

Die Bäume wollen uns kratzen. Ich fahre lieber in der Mitte, das Ufer macht mir Angst: Ich stelle mir vor, wie sich meine Füße unter Wasser bewegen, wie Würmer; wie ich mich an einen Ast klammere, ohne zu wissen, dass sich ganz nahe zwischen riesigen Blättern eine rote Schlange versteckt. Am Ufer ist immer noch jemand, der sich retten will.

»Hörst du die Vögel?«, frage ich den Jungen, um die Angst zu verscheuchen.

»Welche? Die, die wie Kinder schreien?«

»Ja. Was sagen sie?«

»Dass sie Hunger haben.«

Mein Kind und Ginas Kind, ein kleiner Fluss, den sie nicht ernährt hat und der sich an mir, Regenwasser, sättigen musste. Zwischen beiden – Mutter und Kind – gibt es ein Stück schlammiges Land mit Löchern, wie sie Bagger hinterlassen, nachdem sie sich das Gold mitnahmen. Der Regen schafft es nicht, die Gruben zu füllen, der Schaden ist nicht wiedergutzumachen. So sehr Gina etwas tun möchte, ich kann sie von der Abwesenheit nicht heilen, von den Worten, die unausgesprochen bleiben. Ich bin die Mama: ich habe ihm vorgesungen, ihm zu essen gegeben, seine Ohren reingehalten. Ich habe ihm auch beigebracht, ein guter Junge zu sein. Vielleicht ist das Einzige, was ich während der ganzen Zeit getan habe, dass ich ihn darauf vorbereitet habe, seiner Mutter zu verzeihen. Ich war die Brücke über dem Matsch, den sie gemeinsam überqueren werden, bis sie zum Fluss gelangen. Sie brauchen mich nicht mehr. Binnen Kurzem werden Mutter und Kind alleine schwimmen, ohne mich.

8

Es gibt drei verschiedene Sonnen, das sagte zumindest eine Frau, die vor vielen Jahren durchs Viertel lief. Ungekämmt und in Flipflops blieb sie mitten auf der Straße stehen und rief: »Es sind drei, es sind drei. Kommt und schaut, drei Sonnen sind es, die sich tagsüber abwechseln: die vom Morgen hat einen Pakt mit den Hühnern; die vom Mittag trocknet die Wäsche und macht den Reis warm; die vom Nachmittag um sechs, die wundersame, sie verändert die Farbe des Himmels, wie sie will. Es sind drei, es sind drei. Kommt und schaut!« Dann ging sie wie jede andere weiter auf ihr Haus zu.

Mit einer der drei Sonnen würde ich mich anlegen, mit der, die wir in diesem Augenblick vor uns haben, die ermattet davon ist, die Haut der Bauern zu verbrennen, und kurz davor, zusammen mit den Toten in die Erde hinabzusteigen. Ich würde mich mit ihr wegen des Kindes anlegen und wie das Kind: Ich würde schreien, dass es meines ist, bis die Sonne resigniert und müde im Dschungel versinkt, bis zum nächsten Tag.

Wir nähern uns dem Ufer unter einem orangefarbenen Himmel, der bald rosa sein wird, violett, indigo sternenklar. Die Bootsführerin oder Amable – ich schaue weiter zum Himmel – schaltet die Motoren aus und die Strömung führt uns schließlich nahe ans Dorf heran. An der

Mole aus Holz, die aus dem Ufer erwächst und in den Fluss wie eine Wurzel hineinragt, legt ein kleineres Kanu als unseres an. Indigene Frauen mit Tüchern um die Hüften steigen aus, Kinder in roten kurzen Hosen, Männer mit Lendenschurz und nackter Brust wie die Frauen. Sie tragen Stoffsäcke auf der Schulter und Töpfe um die Taille gebunden. Sie wollen nicht ankommen, sie kommen nicht nach einer Spazierfahrt, sie schauen nicht weiter als bis zu ihren nackten Füßen. Ihr Blick ist knapp: dass nichts im Boot bleibt, dass niemand beim Aussteigen fällt. Ich habe sie zuvor am Kai von Quibdó gesehen: Indigene, die immerzu auf den Boden schauen. Sie wurden gerade umgesiedelt und haben nur ihre Füße.

Ein Schnellboot sehen wir vorbeifahren, mit Männern in Grün und Rot: Es ist später als sechs Uhr am Nachmittag. Die Bootsführerin ruft, wir sollen schon aussteigen, uns beeilen, wir können nicht länger auf dem Fluss bleiben. Der Junge steht auf und reckt sich. Er sagt zu mir: »Willkommen«, als wäre er der Chef des Dorfes. Er weiß nicht einmal, wo wir sind und wozu wir hergekommen sind; er braucht keinen Plan. Er weiß, dass wir im Haus meiner Freundin übernachten werden, das habe ich während der Fahrt erwähnt. Er weiß, dass es Freunde geben wird und man ihm in allen Häusern zu essen geben wird. Ich stehe auch auf, in meinen Beinen das Gefühl von Ameisen, Hass auf den Fluss, der seinen Lauf nimmt, Komplize der Traurigkeit, der Trennung von Familien. Vor vielen Jahren gehörte der Fluss den Leuten des Dorfes und des Dschungels, uns allen gab er zu essen. Er war Schwimmbecken, Bad, Straße. Er war unser. Wir wuschen immer die Wäsche in ihm: meine Mama schickte mich mit einer Wanne voller Blusen und einer blauen Seifenpaste zum Fluss. Ich solle alles waschen, sogar was ich anhabe, sagt sie. Es ist mein Geburtstag, ich weiß es, weil sie auf die Kleidung eine Plastikpuppe legt und sagt:

»Schau mal, was ich mitgebracht habe. Es ist ihr Geburtstag.«

Sie sagt mir nicht, welcher Tag heute ist noch wie alt ich werde. Ich traue mich nicht zu fragen. Sie lässt mich auch nicht mit der Puppe spielen, sagt, später, erst die Wäsche.

Ich gehe auf den Hof hinaus, laufe zwischen aufgehängten Laken, die nach Kokos duften. Die Stufen zum Fluss hinunter sind voller Matsch, rutschig vom Regen. Ich gehe langsam, denn ich will nicht im Sitzen hinunter wie beim letzten Mal. Am Ufer: ein Mädchen, das Wäsche wäscht, sie ist älter als ich. Ich setze mich neben sie und wir stellen fest, dass meine Mutter mir das Waschbrett nicht mitgegeben hat. Sie leiht mir ihres. Ich schütte die Wanne aus und die T-Shirts fallen ins Wasser, ich lege Steine darauf, damit die Strömung sie nicht fortreißt. Ich fülle Wasser in die Wanne, wie das Mädchen, platziere das Brett hinein und lege das erste T-Shirt darauf. Mit der Seife reibe ich, aber es kommt kein Schaum. Das Mädchen sagt: »Das Brett ist verkehrt herum.« Sie sieht aus wie eine Flusssirene mit Zöpfen und kaffeebraunen Augen. Sie wringt ihre Wäsche aus und legt sie ordentlich in ihre grüne Plastikwanne.

»Ich gehe schon hoch«, sagt sie. »Gib mir mein Brett bitte.«

»Ich tausche meine Seife gegen deine Kokosseife«, sage

ich und strecke ihr den Arm hin mit der blauen Seife auf meiner Handfläche.

»Schenke ich dir«, sie legt sie neben die blaue und läuft zu den Stufen.

Zehn Mal auf jeder Seite wringe ich die T-Shirts aus, so wie meine Mama es mir gesagt hat. Ich spüle sie im Fluss aus, bis keine Seife mehr herauskommt und auch keine kleinen verhedderten Fische.

Die Wanne voll sauberer Wäsche. Ich springe angezogen in den Fluss: in einem Kleid mit Blumen, das ich schon als kleines Mädchen hatte und jetzt als Pyjama benutze, weil ein Tierchen einen der Ärmel aufgefressen hat. Ich seife es ein, ohne es auszuziehen, und wringe nur den unteren Teil aus, den rosafarbenen Rock. Auf die Schnelle erledige ich es, gehe nicht vom Ufer weg, weil ich nicht schwimmen kann. Ich fange Fische und lasse sie wieder frei, werfe Steine und behalte einen in Herzform zwischen den Höschen. Ich treibe unter der heißen Sonne. Schaue die Vögel an, die ich nicht gelernt habe zu malen. Ich singe mir das Geburtstagslied, bis die Stimme versagt, und kehre in dem Kleid, das nach Kokos riecht, zum Ufer zurück. Meine Plastikpuppe erwartet mich.

Diese Erinnerungen berühre ich vor dem Boden von Bellavista. Ich war genauso klein wie mein Junge. Alles, was ich nicht freiwillig tat, tue ich jetzt für den Jungen. Nicht für die Mutter, er hat es nicht verdient, dass sie ihn verraten hat. Ich tue es, damit sie nicht mit Papieren kommt und mir das Sorgerecht wegnimmt. Damit sie nicht eines Tages in mein Haus kommt und ihm sagt, sie sei die andere Mama auf der Zeichnung.

Wir steigen über leere Bänke, wir sind die Letzten, die aussteigen und hinüberspringen, als die Sonne sich endgültig versteckt. Und wenn ich mit einem der Passagiere mitgehe, den Plan ändere und aus dieser Reise mache, was sie eigentlich sein sollte: ein Ausflug?

Eifrig und unter dem Schutz des indigoblauen Himmels verabschieden wir uns. Stimmen zur gleichen Zeit: Adiós, Gefährtin. Machen Sie es gut. Kommen Sie vorbei. Pass auf diesen Jungen auf. Gott segne Sie. Danke für alles. Wir sehen uns bei der Messe. Auf Wiedersehen. Adiós.

Die Indigenen sind schon fort, die Passagiere unseres Bootes auch. Nur Amable ist noch da und überprüft in der Dunkelheit die Motoren.

»Warum gehen Sie nicht los?«, ruft Amable. »Haben Sie eine Unterkunft?«

»Ein Hostal«, antworte ich.

»Warum erzählst du Lügen, Ma?«, unterbricht mich der Junge.

»Ich habe eine Freundin, aber es ist mir unangenehm, so spät zu kommen. Wir bleiben heute im Hostal.«

Amable verbringt Reisen anstelle von Lebensjahren. Vor zwei Tagen noch, als wir Quibdó verließen, war er sechzehn. Jetzt scheint er dreiundzwanzig zu sein: nicht wie ein junger Mann aus der Stadt, sondern einer aus dem Dorf mit Fluss. Dreiundzwanzig, die dreißig oder mehr sein können; ein Alter, in dem es keine Angst einflößt, zwischen zwei Dunkelheiten zu bleiben: dem Himmel und dem Fluss.

Wir verabschieden uns – nachdem wir ihm gedankt haben –, er bleibt noch und hebt den Müll auf, den die Leute heimlich weggeworfen haben und der in einer schwarzen Tüte im Fluss treibt. In der Tiefe gibt es keinen Platz für das, was nicht zu diesem Ort gehört. Was hier nicht geboren wurde, treibt.

Vom Fluss aus steigen wir Hand in Hand auf, aneinanderklebend, wie von der Hitze mit Melasse geschmiert. Mit der Nacht kommt weder die Pazifikfrische noch der Ostwind auf, Strömungen, die oben zusammenstoßen, am Himmel, und Wolkenbrüche erschaffen, die die Häuser des Dschungels baden und die Flüsse zum Überlaufen bringen. Die Alten sagen: »Am Oberlauf regnet es. Der Fluss kommt schon näher, um in die Häuser einzudringen, die Kühlschränke zu beschädigen und die Betten und Matratzen herauszuzerren.« Der Fluss drang sogar in die Küche des Hauses einiger Freundinnen. Wir studierten gerade im Hof und wussten uns nicht anders zu helfen, als die Beine auf dem Stuhl anzuziehen und zuzulassen, dass er weiter seinen Lauf nahm.

Die Grillen drehen die Lautstärke auf, bis sie den Gesang der Frösche übertönen. Am Himmel scheint kein Mond, zwei Laternen beleuchten die Hauptstraße, auf der wir die Kirche, eine Schule und Häuser sehen. Die Kirche ist neu, der größte Bau im Dorf. Früher war es eine kleine Ranch mit einem Kreuz und einem Korb für die Kollekte, fast immer leer. Ich bücke mich und binde dem Jungen den linken Schnürsenkel zu, der sich alle zehn Schritte löst. Von unten ist die Kirche in einer Farbe, die keinen Namen trägt. Es kann Passionsfrucht mit Milch sein oder alt gewordenes Rosa oder Hustensaft oder vergilbtes Heft. Es ist Kirchenkerze. Oder besser: gesüßter Blätterteig. Ich richte mich auf und frage den Jungen, welche Farbe er an ihr sieht: Ohne zu zögern sagt er: »Bauch von einem Straßenhund.«

Wir gehen in eine kleine Straße und laufen schneller. Münzgroße Tropfen fallen, die Straßenlaternen gehen aus und lassen uns im Dunkeln und ein wenig verloren zurück. Zwischen sieben Uhr abends und sechs Uhr morgens arbeitet das Stromwerk nicht. Bunte Kerzen, wie wir sie im Dezember zu Ehren der Heiligen Jungfrau hinstellen, wurden von den Frauen in den Häusern angezündet, sie lassen sie am Fenster oder auf einem Stuhl neben der Eingangstür stehen. Nach vier, fünf Kerzen finden wir das Hostal Encanto. Als kleines Mädchen dachte ich bei diesem Namen, Verzauberung, an die Horrorgeschichten der Alten, in denen eine Flussbestie die Ehemänner verzauberte und in Bergratten verwandelte. Sie sagten, die Hexen aus dem Dorf würden sich versammeln, um Dinge unter sich zu verteilen, die ich nie zu Gehör bekam, weil ich mir die Ohren zuhielt und wegrannte. Am Encanto lief ich schnell vorbei, ohne mich umzuschauen, und alle Kinder machten das Gleiche. Von diesem Ort ertönten ängstliche Schreie. Später fand ich heraus, dass sich dort die Frauen aus dem Kirchenchor zur Probe trafen. Manche Alte, besoffen vom Viche und von der Sonne, der sie den ganzen Morgen beim Fischen ausgesetzt waren, stimmten zudem ihre Boleros an.

Heute aber betreten wir das Encanto, das große Gebäude aus Beton. Zwei Kerzenständer auf einem hohen Tisch beleuchten den Eingangsbereich und das Gesicht einer langen Dünnen, die uns empfängt. Bis hierher höre ich die

Grillen, die sich anscheinend mit denen aus dem Nachbardorf vereinigen. Singt eine, singen alle. Die Dünne schwitzt und sagt mir, dass der Unterschied zwischen den Zimmern die Größe der Betten sei; dass es keinen Fernseher gibt, keinen Ventilator und erst recht kein eigenes Bad. Ich bitte um eins mit zwei kleinen Betten. Wir folgen der Frau den engen Gang entlang, fast sind wir am Hof angekommen. Sie öffnet die letzte Tür und lässt uns hinein. Mit ihrer Kerze zündet sie eine weitere auf dem Nachttisch an und hält uns ihre Empfangsrede: »Das Bad ist draußen. Gehen Sie nicht barfuß raus, gestern ist mir eine Vase heruntergefallen und hier liegen immer noch Scherben herum. In der Schublade des kleinen Tisches sind noch mehr Kerzen und das Moskitonetz hängt an der Decke, Sie müssen nur die Schnur locker machen und es herunter fallen lassen. Schauen Sie nach, dass keine Mücken darin sind, bevor Sie schlafen gehen. Noch was?«

»Wir haben Hunger«, sagt der Junge.

»Wir verkaufen kein Essen. Aber ich habe Brot und Würstchen aus der Dose. Ich bin gleich wieder da.«

Die Frau stellt den Teller mit dem Essen auf den Tisch und eine Limonade. Ich überlasse alles dem Jungen, der nach dem letzten Happen einschläft.

Im Schein einer kirchenfarbenen Kerze ziehe ich ihm die Schuhe und die Anziehsachen aus. Ich löse das Moskitonetz und umspanne das Bett damit. Ich werde nicht zulassen, dass Gina ihn mir wegnimmt. Sie hat noch mehr Kinder, ich nur dieses. Sie wird mir sagen, dass ich jung bin und mein eigenes Kind haben kann. Ich will kein anderes, ich will dieses, das genau weiß, wo die Ohren von

Blumen sind. Ein Kind, das mir gleicht, das will ich nicht. Wie schwierig es doch ist, bei diesem Licht Mücken zu finden. Ich reibe den Jungen mit Menticol ein, beleuchte die Ecken des Bettes und schlage leicht auf das Laken, um die Mücken zu verscheuchen. Ohne es zu merken, brenne ich ein Loch in das blaue Moskitonetz, das so groß wie eine Weintraube ist und viele Mücken durchlässt. Es fehlt mir gerade noch, dass eine Mücke ihn mit Malaria ansteckt, ein Grund mehr, dass die Mutter ihn mir wegnimmt. Mit der brennenden Kerze auf dem Tisch suche ich im Koffer ein Metallkästchen, in dem einmal Süßigkeiten waren. Faden und Nadel, einfädeln kann ich sogar mit geschlossenen Augen. Ich nähe das Loch zu und hoffe, dass sie es mir nicht auf die Rechnung setzen. Ich halte einige Sekunden die Luft an, höre nichts umherfliegen und schlüpfe aus dem Moskitonetz.

Von meinem Bett aus betrachte ich den Jungen unter diesem Wasserfall aus Stoff. So klein und schnarcht. Leichter Regen fällt auf das Blechdach, das Gequake der Frösche übertönt die Grillen und wiegt mich in den Schlaf. Ich schließe die Augen, noch ist der Junge meiner. Des Nachts in einem Dorf ankommen, ist wie nicht ankommen.

Vor sechs Uhr morgens gehe ich mit sauberer Wäsche in der Hand auf den Hof hinaus. Dichter Himmel, es regnet immer noch. In der Mitte: ein Mangrovenbaum und ein Paka in einem Käfig.

»Es heißt Cristy«, sagt die Dünne und erschreckt mich, als sie auf den Hof kommt.

»Guten Tag«, sage ich.

»Ich sagte Ihnen doch, dass Sie nicht barfuß gehen sollen. So jemand wie Sie weiß nicht, wie man auf Steinen läuft.«

Die Wut lässt mich loslaufen, als ob nichts wäre, bis zum Käfig des Pakas. Das Arme, wenn es stirbt, werden sie es gedünstet mit Yucca und Salz essen. Die Mangroven noch grün. Ich gehe wieder über den Hof zum Bad. Drinnen ein Fass voll mit Wasser. Meine Kleidung lasse ich auf dem einzigen Fleckchen Boden, das nicht nass ist, und ohne Seife oder Shampoo wasche ich mich.

In ein gelbes Kleid gehüllt, das mich noch blasser aussehen lässt, und mit triefenden Haaren gehe ich wieder ins Zimmer. Der Junge springt aus dem Bett, zeigt mir eine Mücke, die er gerade getötet hat und an der Wand klebt. Ein Blutfleck, Blut, das sie in der Nacht aus dem Jungen gesaugt hat.

Ohne zu nahe heranzugehen, stelle ich dem Jungen das Paka vor und lasse ihn ein Bad nehmen, während ich die Anziehsachen packe. Er ruft aus dem Bad, ob wir auch ein Paka Cristy haben können. Ich gehe zur Tür des Bades, lege dabei ein T-Shirt zusammen und sage ihm leise, er solle nicht schreien, er wecke noch die Leute auf, und dass Pakas beißen würden.

Das Kind angezogen, die Mama gekämmt und die Wäsche fertig. An der Rezeption ist nicht mehr die Dünne, an ihrer Stelle begrüßt uns ein Alter mit braunem Käppi und reicht mir ein gelbes Papier mit der Rechnung. Ich bezahle und bitte ihn, auf den Koffer aufzupassen, später würde ich ihn holen.

Der bewölkte Himmel hat sich vor Kurzem aufgehellt und der Regen Rinnsalen den Weg gebahnt, die jetzt von den Dächern der Reservetanks fließen. Meine Sandalen graben sich im Schlamm ein, bespritzen mein Kleid. Der Junge spritzt in die Pfützen und tut, als wäre es ein Spiel.
»Mach das nicht. Du bist frisch gebadet.«
»Bist du wütend?«

Wir kommen an der Kirche vorbei, an der Schule und treten in ein Café ein, in dem ein paar Tische stehen, Holzstühle und es riecht nach warmem Brot. Ein ungefähr fünfzehnjähriges Mädchen bietet uns Käsestangen, Plätzchen und Brot an. Wir bestellen eine Käsestange – ich kann nur eine bezahlen, für den Jungen –, einen Kaffee und den Saft, den sie haben. Das Mädchen sagt, alles zusammen kostet zweitausendzweihundert Pesos.

Das Frühstück wird gebracht, ich stelle dem Jungen Fragen, die er mit vollem Mund beantwortet:
»Gefällt dir das Dorf?«
»Wo sind die wilden Tiere? Du hast gesagt, hier gibt es welche.«
»Im Dschungel.«
»Und wann sehen wir sie?«
»Das ist gefährlich.«
»Warum sind wir dann hergekommen?«
»Erinnerst du dich, dass ich dir, als du klein warst, beigebracht habe, zwei Mamas zu malen?«
»Ja.«
»Wir sind hierhergekommen, um die andere Mama von dem Bild zu sehen.«
»Warum?«

»Sie möchte dich kennenlernen.«
»Warum?«
»Sie vermisst dich. Möchtest du sie kennenlernen?«
Er zuckt mit den Schultern und kaut. Die Fünfzehnjährige bringt einen Lulosaft, nachdem er die Käsestange aufgegessen hat. Der Kaffee wie Wasser. Der Regen setzt wieder ein und die Leute flüchten ins Café.
»Und wenn sie will, dass du bleibst?«
»Wer?«
»Die andere Mama von dem Bild.«
»Wie heißt sie?«
»Gina.«
»Ist sie so wie ich?«
»Schwarz?«
»Ja.«
»Ja, schwarz wie du.«
»In der Schule lachen sie, weil ich schwarz bin und du weiß.«
»In der Schule wissen sie nicht, dass sie dich verlassen hat und nie Geburtstagsgeschenke geschickt hat oder Geld für die Uniformen.«
»Ist sie böse?«

Ich lasse das abgezählte Geld auf dem Tisch und gehe aus dem Café hinaus, ohne mich nach dem Jungen umzuschauen, ohne auf ihn zu warten. Er rennt mir hinterher. Ich gehe an der Kirche vorbei und biege in eine Straße ein, die über eine Holzbrücke führt. Der Junge ruft, ich solle auf ihn warten, aber ich tue so, als ob ich ihn nicht hören würde. Die Brücke hat Ausgänge zu Häusern auf

Pfählen. Vor einem der Häuser hängt Wäsche, die Frau, die da wohnt, ist zur Messe oder schläft und ihr werden zwei weiße Laken nass, ein rosafarbener Morgenmantel und ein rot kariertes Tischtuch. Ich hänge die Wäsche ab und lasse sie auf einem Stuhl am Eingang mit einem Dach darüber. Der Regen lässt nicht nach. Ich laufe weiter, der Junge greift nach meiner Hand. Ich lasse los. Ich renne das letzte Stück. Bretter knarren, unten Gestrüpp, stehendes Wasser, kleine Tiere, die ein Kind mit Fieber töten könnten. Vor einem blauen Haus bleibe ich stehen, es ist das, das mir Gina beschrieben hat. Draußen ein Schild, auf dem steht: »Zöpfeflechten«.
»Wir sind da.«
»Und die Tiger?«
Eine Frau öffnet die Tür. Es ist Gina: Grüner Rock, weiße Schürze, barfuß, mit dem gleichen mürrischen Gesicht wie vor Jahren. Sie blickt mich an, eine Hand an der Hüfte und mit der anderen sich den Mund zuhaltend. Bevor sie spricht, nehme ich das Kind an die Hand, gehe näher zur Tür und schiebe ihn zu ihr. Ich sage: »Schau, dein Sohn«, ich drehe mich um und schreite aus, so schnell ich kann. Der Junge läuft weinend hinter mir her, stolpert über ein Brett und fällt hin. Ich drehe mich nicht um, höre den Aufprall und sein Jammern, das anschwillt. Der Regen durchweicht mein Gesicht, und dann kann ich weinen. Gina hebt den Jungen auf, tröstet ihn, während ich weiterlaufe.

Unter diesem Fluss die Augen zu öffnen, ist sinnlos: nur Schatten. Ich drehe mich um und treibe nahe am Ufer. Mit geschlossenen Augen zum Himmel. Mein Körper lässt sich in dem warmen Wasser treiben, unter dem Gesang der Vögel, über kleinen Fischen, die mir die Füße streicheln und zwischen meinen Haaren schwimmen, hungrig, immer hungrig.

Ich dachte nie daran, ein Kind zu haben. Gebären macht bitter und verschließt die Frauen, lässt aus ihnen egoistische Mütter werden, undurchdringliche Krebse, die sich unter einem Panzer verstecken, aus dem sie mit geschärften Scheren angreifen. Mutter oder Frau; keiner Mutter wird verziehen, dass sie nach einem Kind Frau sein will: sich zurechtmachen, auf einer Kirmes tanzen gehen, sich die Lippen anmalen ist verboten: »Na, schau mal an, wo gehst du denn so aufgedonnert hin? Um den Hof zu fegen, muss man sich nicht so anmalen, Gefährtin.« Von den Zähnen abwärts ist es idyllisch. Leibhaftige Mütter sagen, dass nichts so groß sei, dass das, was wir als Rest der Menschheit fühlten, da nicht heranreiche und klein, unbedeutend sei. Orchester aus Hexen, die gerade entbunden haben, schwören, dass eine Frau, die keine Kinder bekommen habe, nichts von dem Schmerz und dem Durchhalten wisse, dass sie ein armes, unvollständiges Ding sei.

Im Schatten tut es weh. Einsamkeit, Angst, selbst eine Erstgebärende muss ein Baby mit der Haltung einer Expertenmutter wiegen, als ob sie ein Pfund Zucker oder eine Papaya hielte. Lügen. Beten. Eine schlaflose Mutter denkt, so viel Aufopferung wird sich auszahlen mit einem Baby, das ein gutes Kind wird, heranwächst, bis es auf den Gipfel seiner Lebenszeit gelangen wird und an ihrer Seite alt wird, denn sie ist die Mutter, die Herrin.

Gina und ich, wir sind unvollständige Mütter. Sie hat ihn geboren und ihm nichts gegeben, ich habe ihn nicht geboren und ihm alles gegeben. Wir sind nicht der Krankheit der Krebsmutter erlegen. Der Junge ist nicht ganz meiner und auch nicht ihrer. Suche ich nach ihnen? Nehme ich mir ein Boot und fahre ohne Kind zurück nach Quibdó? Lasse ich die Mutter hier und bin weiterhin Frau, nur Frau?

Zu den Rufen der Seeadler mischt sich der Motor eines Schnellbootes, das mit Essen beladen in Höchstgeschwindigkeit vorbeifährt mit dem Schrei eines Kindes: »Ma, du kannst nicht schwimmen.« Ich rutsche, meine Füße berühren die glitschigen Steine auf dem Grund des Flusses, ich stelle mich hin und wische mir mit der Hand das Wasser aus dem Gesicht, um den Jungen zu sehen, neben Gina, wie sie vom Ufer aus zu mir schauen. Ich laufe zum Ufer und wringe mit den Händen das Kleid aus. Gina wickelt ein Stück Stoff ab, einen violetten Schal, den sie um die Taille gebunden hat, und kommt mir entgegen.

»Was hast du vor?«, frage ich und weiche zurück.

»Dich abtrocknen«, antwortet sie.

Gina nimmt mein langes Haar und wringt es aus: indem sie es nicht zwirbelt wie einen durchnässten Rock, sondern wie Brotteig knetet. Dann umwickelt sie es mit dem Schal, dreht es zweimal und steckt es wie einen Turban oben auf meinen Kopf. Sie entlockt mir ein schüchternes Lächeln, das abrupt aufhört, als sie mich fragt, warum ich das getan habe, warum ich weggelaufen bin.

»Weil es dein Sohn ist, du hast ihn von mir eingefordert.«

»Ich wollte ihn sehen«, antwortet sie trocken, schneidend.

»Warum hast du ihn nicht früher angerufen?« Ich bleibe stehen.

Gina macht sich das Gesicht mit Flusswasser nass, schweigend. Den Schmerz versteckt sie hinter Wut, die die Stirnfalten hervortreten lässt, Spuren, Wunden dessen, was ihr im Inneren wehtut.

»Und die anderen Kinder? Wo sind sie?«

»Man hat sie getötet«, antwortet sie und nimmt mir den violetten Schal vom Kopf ab.

Der Junge ruft »Ma«, und wir beide antworten gleichzeitig »Was?«. Er lacht und sagt, dass er Mittagshunger hat, der Bauch des Kleinen und die Sonnen zeigen zwölf an. Gina erwähnt ein gutes Restaurant, sagt, dass sie uns einlädt. Ich ziehe die Sandalen an und wir beiden Mütter laufen am Flussufer entlang. Der Junge rennt vorneweg, hüpft, sammelt Steine in seiner Tasche. Vielleicht fühlt er sich vollständig.

»Das Restaurant?«, frage ich und zeige auf eine große Holzvilla auf einem ockerfarbenen und verwilderten Erdhügel, zwischen Palmen und blauen Wassertanks. Ein großes Aluminiumschild in roten Buchstaben: CANOA RANCHÁ.

Wir steigen einen Weg mit Treppen hinauf, eine Frau empfängt uns: rotes Kleid, rote Sandalen, rote Blume ins dicht geflochtene Haar gesteckt. Faszinierend. Sie heißt Estela. Sie klebt uns einen Kuss auf die Wange und richtet einen Tisch mit Blick auf den Fluss für Gina, den Jungen und mich her. Eine offene Villa wie die Wohnhäuser der Indigenen, ein großes Wohnzimmer mit Tischen und Stühlen aus Holz. Die breite Tür mit einem Vorhang aus Röhrchen führt zur Küche, in der eine Freundin von Gina arbeitet. Sie erzählt, dass ihr frittierter Fisch mit getoastetem Schwanz der beste im Dorf sei.

Die schwache Brise, die weht, bewegt das Stroh auf dem Dach und trocknet mir schließlich das Haar, die Kleidung. Estela bringt Patacones und Limonaden. Der Junge steht auf, in einem Käfig schaut ein Papagei auf den Fluss, er nimmt sich einen Stuhl und setzt sich, um sich mit ihm zu unterhalten.

»Papageichen«, sagt der Junge.

»Papageichen«, wiederholt der Papagei.

»Hässlich«, flüstert der Junge.

»Hässlich du«, antwortet der Papagei und der Junge hält sich den Bauch vor Lachen.

In voller Lautstärke ertönt dieses Lied von Niche: »Weißer rennt, Athlet; Schwarzer rennt, Ratte; weiß ohne Doktortitel und der kleine Schwarze Kräuterheiler.« Gina gibt einem der Kellner Zeichen, sie sollen die Musik ein bisschen leiser machen und isst mit geschlossenen Augen einen Patacon. »Hervorragend«, sagt sie.

»Wie ist das mit deinen Kindern passiert?«

»Die beiden Großen haben diese Leute vor sechs Jahren mitgenommen. Eines Nachts schlugen sie an die Tür, traten ins Haus ein und haben sie gezwungen, die Kautschukstiefel anzuziehen. Auf die harte Tour. Bei Unguía würden sie sich aufhalten, sagten sie mir, bevor sie sie mitnahmen. Aber als ich das letzte Mal von ihnen Nachricht erhielt, waren sie in Acandí. Später rief mich eine Frau aus

Condoto an: »Sie haben sie getötet, als sie versucht haben zu entkommen.« Ich konnte nichts tun, damit sie mir die Körper meiner Jungs wiedergeben. Der Jüngste starb vor einem halben Jahr an Malaria, ich hatte keine Möglichkeit, ihn nach Cali zu bringen, damit sie ihn dort behandeln.

»Das tut mir leid«, sage ich und blicke zu dem Jungen.

»So ist das Leben hier. Einen Mann habe ich nicht, die Männer von heute wollen nur Viche trinken und auf dem Fluss fahren. Seit Jahren verdiene ich mein Geld mit Goldsuchen, auch die Wäsche von Fremden wasche ich«, sagt sie und zeigt mir ihre ausgetrockneten Hände. »Es ist schwer, den ganzen Tag über gebeugt zu arbeiten. Ich wühle den Flussgrund mit der Hand auf. Die Steine in die Pfanne und dann durchrütteln: ich schüttele und hole alles, was nicht glänzt, heraus; ein oder zwei Goldkörner bleiben übrig, ich tue sie in die Schürze und beginne wieder von vorne.«

»Ich mache künstliche Blumen und Holzrahmen für Bilder, damit kommen wir über die Runden«, sage ich und verstecke meine Hände unter dem Tisch, Hände eines Mädchen, das nicht einen Lappen wäscht: klein, langweilig und mit Muttermalen. Die Gleichen wie die meiner Mutter und meiner Großmutter, die mit den Jahren dicker wurden und einen Faden durch die Nadel nicht mehr führen konnten.

»Wir beide arbeiten mit den Händen«, sagt Gina zu mir.

»Alle Frauen arbeiten hier mit den Händen, sogar die weißen«, antworte ich.

Estela bringt dampfende Teller auf einem Tablett, der Junge lässt den Papagei sein, setzt sich und isst alles auf:

frittierten Fisch, Yucca, Kartoffeln. An den Tellerrand schiebt er einige Scheiben grüne Tomaten, die er hasst, wir zwingen ihn nicht, sie aufzuessen. Am Ende hat er Fisch sogar auf den Wimpern. Gina bittet mich um Erlaubnis, ihm das Gesicht abzuwaschen. Sie müsse mich nicht um Erlaubnis bitten, sage ich zu ihr. Der Kleine ist schließlich auch ihrer. Der Junge ist genervt von den Anspielungen und sagt:

»Ich bin meiner.«

Ja, sagen wir und geben ihm recht, aber der Papagei schneidet uns das Wort ab, unterbricht uns mit einem Schrei: »Meiner, meiner, meiner, meiner.« Estela ruft dem Papagei zu: »Sei still, Roberto«, während Gina den Jungen an die Hand nimmt und mit ihm zum Händewaschen geht, neben den Röhrenvorhang der Küche. In einem Zug trinke ich den Rest der Limonade aus und schaue ihnen zu: ihre Art der Zuneigung ist grob, sie dreht den Wasserhahn auf und hält die Hände des Jungen unter den Strahl, dreht den Hahn wieder zu, seift ihre Hände ein und dann die des Jungen. Kleine schwarze Hände zwischen großen schwarzen, schweren, weisen. Sie schäumt die Seife auf wie beim Schokoladeschlagen und spült sie aus. Mit der feuchten Hand wischt sie, ohne einen Anflug von Zärtlichkeit, über sein Gesicht und trocknet es mit einem Handtuch, das Estela bringt, ab.

»Fertig?«, fragt der Junge.

»Na, los, lauf und ärgere den Papagei«, antwortet Gina.

Zwei eiskalte Dosen Bier bringt man uns, meins halte ich mir an die Wange zum Kühlen. Gina trinkt ihres innerhalb einer Minute aus.

Inmitten der Stille, die der Wechsel von einem Lied zum nächsten hinterlässt, hören wir in der Ferne Schüsse. Ich stehe vom Stuhl auf, Gina sagt, bleib ruhig, sie sind noch weit weg. Ich erzähle ihr, was wir auf der Flussfahrt erlebt haben, und sie antwortet, die Leute im Dorf hätten Angst, aber niemand höre sie an. Es sei, wie um Hilfe zu bitten aus einem dunklen, tiefen Brunnen.

Wir verlassen das Restaurant. Es ist um fünf oder um sechs, die Sonne müde, die Hitze des Spaziergangs am Fluss entlang hinterlässt einen Flaum aus Wassertropfen über meinen Lippen. Der Junge läuft nicht zwischen uns, er hängt uns ab, mit der Energie, die der Sonne fehlt. Gina überredet mich, die Nacht bei ihr zu Hause zu verbringen, um Geld zu sparen. Morgen Nachmittag fährt ein Schnellboot nach Quibdó ab, eins von denen, die in sieben Stunden ankommen. Wir werden den Jungen fragen, ob er mit mir zurückfahren oder bei Gina bleiben will für eine Weile. Oder für immer. Wir sprechen auch darüber, ihn zwischen uns aufzuteilen:

»Er verbringt ein Jahr mit dir und das andere mit mir«, sagt Gina.

»Oder du lebst mit uns in Quibdó ... damit er nicht jedes Jahr die Schule wechselt«, antworte ich.

Es macht mir nichts aus, dass ich die Mutter aufnehmen muss, damit der Junge bei mir bleibt. Wir beide, gleichermaßen allein, suchen in ihm einen Grund, um in einem Land der verlassenen Mütter weiterzuleben. Mütter desselben Kindes, eine namenlose Verwandtschaft. Wie sollen wir sie ab sofort nennen? Die Mamaundmeinsohn?, sehr lang. Besser, so wie der Junge sagt: »MA«.

Gina ist die erste »MA«, in Großbuchstaben, und ich die zweite »má«, anders, mit Betonungsstrich. Zusammen: MA-má.

Vor der Tür der Kirche bleiben wir stehen. Es ist keine Messe. Drei ältere Frauen mit handgewebten weißen Decken beten den Rosenkranz und knien dabei in der letzten Bankreihe, in der Nähe der Tür. Der Ventilator weht ihre Decken hoch, sie halten sie fest, damit sie nicht davonfliegen. Gerade Röcke. Braun. Sandalen mit harten Absätzen von Frauen, die viel laufen. Zwei Nachbarinnen beginnen ein Gespräch mit Gina, fragen sie, von wem der Junge sei. Ich nutze die Gelegenheit, lasse sie eine Weile allein, um mein Gepäck aus dem Hostal zu holen.

Ich bedanke mich bei der dünnen jungen Frau des Encanto. Ich nehme den Koffer und gehe wieder zur Kirche, unter einem Abendstern, der am rosafarbenen Himmel leuchtet. Ich gehe auf dem Bürgersteig und blicke in die Fenster der Häuser, ich schleiche mich in die Abende eines Herrn im Unterhemd, der seine schwarzen Schuhe eintütet, ein Mädchen, das ein Puzzle zusammensetzt, eine barfüßige junge Frau, die rote, rosa- und lilafarbene Bougainvilleas gießt. Ich überquere die Straße, zwei Wolken tauchen am Himmel auf, begleitet von einer frischen Brise, fremdartig für die Frauen, die die Schwüle zwischen ihren Beinen gewohnt sind. Der Wind trägt das Wolkenpaar weiter zum Regnen flussabwärts. Gina und der Junge sind immer noch an der Kirchentür und warten auf mich. An ihrer Seite sehe ich aus wie die Delegierte einer Gemeinschaftsmission oder wie eine dieser Journalistinnen, die zwei Tage hintereinander kommen, die Leute aus erstaunten, abwesenden Augen anblicken, das Offensichtliche fragen und verschwinden.

Auf dem Weg zu Ginas Haus sprechen wir über die Schule, über eine alte und verbitterte Lehrerin, die die Kinder zwingt, Bibelpsalmen aufzusagen, wer nicht gehorcht, bekommt eins mit dem Lineal über. Ich erzähle ihnen, dass ich auch die Psalmen lernen musste und ich mich dabei ertappe, wie ich sie bete, wenn ich Fisch frittiere. Der Junge erzählt von seinem letzten Sturz und zeigt stolz und triumphierend seine Wunde. Von einem Baum sei er abgerutscht, er wollte an eine Guave kommen und als er sie pflückte, kam ein gelber Wurm heraus, und vor lauter Schreck fiel er auf den Boden. Ich erzähle die Geschichte zu Ende: »Seit diesem Tag nennen sie ihn ›der Guave‹.« Der Junge ist sauer, dass ich das erzähle, er schämt sich vor seiner anderen MA.

Gina öffnet die Tür, der Junge greift nach meiner Hand und tut, als präsentiere er mir das Haus:

»Das ist das Wohnzimmer, gigantisch wie ein Stadion, hier drinnen kann man spielen und nichts geht kaputt. Dort ist ein Zimmer mit einem Bett zum Springen; ein anderes Zimmer ohne Bett, ohne etwas, aber man kann ein aufblasbares Schwimmbecken oder ein Haustier hineintun. Die Küche ist wie alle Küchen, es gibt aber mehr Töpfe als in unserem Haus, má. Und zum Schluss der Hof, der hier beginnt und bis zum Fluss geht, den man nicht einmal sieht. Alles, was du siehst, ist Hof.«

Das Wohnzimmer ist nicht groß, es ist leer, nur ein Regenschirm, der an der Wand lehnt, und ein aufgehängter Kalender. Das Zimmer von Gina, ein quadratisches Holzgestell in der Mitte, eine Matratze mit zwei Kissen und an der Seite, eine Truhe mit Wäsche. Das leere Zimmer war sicherlich das ihrer Söhne. In der Küche ein kleiner, weißer Kühlschrank, ein Tisch, auf dem eine Ananas und zwei Mangos liegen. Töpfe hängen an Nägeln an der Wand und die Teller in einem Plastikregal. Der Hof ist die Welt, wie der Junge sagt. Unter einem Vordach eine Hängematte, ein kleiner Holztisch. Draußen: selbst gezüchtete Pflanzen in Töpfen, ein Wassertank und eine Hundehütte ohne Hund.

Ich bin neidisch auf den Blick des Jungen, der gleiche, der vor einiger Zeit mir galt, mit den Jahren aber erstarb und einem roheren, realeren Platz machte.

Sie haben den Strom abgestellt, wir bleiben im Dunkeln, unter den Sternen.

Gina zündet eine Kerze auf dem kleinen Tisch im Hof an und klettert in die gewebte Hängematte. Der Junge schaut sie von der Tür aus an. Schüchtern. Er wartet auf eine Einladung. Wenn ich in der Hängematte schaukeln würde, hätte er sich schreiend auf mich geworfen und mir die Luft aus dem Bauch gepresst. »Kletter rein«, sagt Gina zu ihm. Er schaut mich an, und bittet mich mit den Augen um Erlaubnis, ich küsse das Zitronenamulett. In Wirklichkeit beiße ich darauf.

Er setzt sich an einen Rand der Hängematte, Gina macht Platz und der Junge legt sich reglos neben sie. Sie schaukeln. So eng waren sie nicht mehr, seit der Junge aus ihrem Bauch kam. Eine Hängematte zwingt dich zur Umarmung, zum Vergeben: je mehr du versuchst, dich wegzubewegen, desto näher kommst du heran. All die Jahre schaukelte ich mit einem geliehenen Kind in einer Hängematte und inmitten von so viel Glück habe ich versucht, nicht anzuhaften, seine Mutter würde auftauchen wie die Nacht, unmöglich sie zu leugnen.

Mond am Himmel. Ein leuchtender Stern. Die winzigen Sterne funkeln.

»Hast du eine Sternschnuppe gesehen?«, frage ich Gina.

»Die kommen hier nicht vorbei«, sagt sie.

Der Junge sagt, ich solle in die Hängematte klettern, wir passen alle drei hinein. Ich sage Nein, aber Gina besteht darauf; ich setze mich an einen Rand, der Junge zieht mich zu sich und wir drei liegen ausgestreckt: MA-Junge-má.

Die Nacht wiegt uns in den Schlaf: die Geräusche der Geckos, eine Eule, die vom Nachbarfenster her ruft, die Brise weht über die Palmenblätter und nimmt die Wolken mit an einem Himmel, unter dem sich niemand etwas wünschen kann.

Mitten in der Nacht wachen wir schweißgebadet auf. Gina trägt den Jungen in sein Zimmer und ich bitte darum, alleine in der Hängematte bleiben zu dürfen, so wie vielleicht meine Nächte von nun an sein werden, wenn ich nicht mehr diejenige bin, die den Jungen ins Bett bringt. Ich schließe die Augen, zwischen dem Hin- und Herwiegen der Hängematte höre ich den Gesang der Frösche und einige Schüsse der gefährlichsten Tiere, die der Dschungel hervorbringt.

9

Ich wache auf, der Junge schaut mich an, er sucht meine schlafenden Augen aus seinen dunklen, funkelnden, großen. Ein verspäteter Hahn kräht. Sonne, grüner Morgen, Tau fällt auf die langen, herzförmigen und dreieckigen Blätter, die der diskrete Wind bewegt, der nur manchmal das Land Chocó berührt. Ich lade den Jungen in meine Hängematte ein, er steigt mit seinen schmutzigen Füßen hinein, legt seinen Kopf auf meinen Bauch und wir sind für einen Moment lang still. Es ist eine Reise ohne Wiederkehr. Er wird mich vergessen, so wie das Süßwasser den Atrato vergisst, wenn es ins Meer mündet.

Gina tritt auf den Hof mit einem »Guten Morgen«-Ruf, einem Tablett, auf dem frisch gerührte Schokolade, Kaffee und Teigtaschen warten. Wir setzen uns in die Hängematte, während sie einen kleinen Tisch vor uns stellt, das Bänkchen aus der Küche holt und sich mit einem tiefen Seufzer darauf niederlässt. Der Junge schnappt sich eine Teigtasche, nimmt einen Bissen und zieht an dem geschmolzenen Käse, spielt mit ihm und bedankt sich mit vollem Mund. Wenn ihm etwas gefällt, bedankt er sich, ohne daran erinnert zu werden. Ich hingegen frühstücke aus Pflichtgefühl.

Die ersten Schüsse des Tages erschallen, sie scheinen näher als die von gestern. In den letzten Wochen wollten sie sich mit dem Gesang der Vögel verbinden, als ob die Invasion etwas Natürliches wäre. Gina spricht lauter, vielleicht damit der Junge es weder hört noch fragt, wir hoffen, dass es vorübergeht.

»Vergiss nicht, dass heute ein Schnellboot nach Quibdó abfährt. Noch heute Nachmittag könnt ihr fahren und bei euch zu Hause schlafen.«

Der Junge zieht die Schultern hoch, als ob die Angelegenheit nichts mit ihm zu tun hätte, er kaut und bewegt die Beine vor und zurück. Mit einem Erwachsenen wäre diese Unterhaltung leichter, Kinder hassen Umwege und spüren die Lügen in der Luft. So weit gereist, um eine Frage anzubieten, die länger in einer Kiste bleiben sollte, in der Hoffnung, dass der Junge sie eines Tages selbst findet.

»Schau mich mal an«, sage ich zu ihm. »Du kannst ein paar Monate mit Gina leben und dann wieder zu Hause. Du bleibst hier, ich schicke dir Anziehsachen, Hefte, das Fahrrad, du schwimmst im Fluss, wann immer du magst, und lernst neue Freunde kennen. Außerdem hast du ein Zimmer ganz für dich allein. Na, wie findest du das?«

Ein kleiner Frosch kommt genau vor uns vorbei und der Junge steht auf und folgt dem Lauf des grünen Hüpfers. Gina trinkt Kaffee statt Schokolade. Die warmen Hände des Jungen, zwei kleine Punkte nicht größer als das Fröschlein. »Ich weiß schon, dass ich zwei Mamas habe und ab jetzt werde ich zwei Geburtstagsgeschenke bekommen und zwei zu Weihnachten und zwei Kostüme zu Halloween. Aber ich möchte mit dir gehen, weil du meine Mamafreundin bist«, sagt er zu mir. »Kannst du nicht mit zu uns nach Quibdó kommen?«, fragt er Gina, während er mich umarmt. Sie steht von ihrem Stuhl auf und nimmt die Teller und pustet die Essenskrümel vom Tisch. Ja, sagt sie, sie werde uns besuchen kommen mit Geschenken und Kostümen. Dann begibt sie sich mit dem Tablett in einer Hand und dem Bänkchen in der anderen ins Haus, sie zittert. Die drei Teller, schon gespült, trocknen auf einem der Regalböden. Die MA weint geräuschlos, ein grünes Kleid umhüllt sie, das ihre Knie mit einem kurzen Bolero in der gleichen Farbe bedeckt. Die Wunde der drei verlorenen Söhne schmerzt sie. Es schmerzt, alles schmerzt: dass der Junge bleibt, dass er geht. Einen Sohn zu haben, ist Garantie für Leiden und sie hatte vier. Zwar glaube ich, dass sie es nicht braucht, aber von der Holzbank aus neben dem Korb mit Zwiebeln und Tomaten versuche ich sie zu beruhigen.

»Der Junge sollte bleiben, ich bin seine Freundin, wie er gesagt hat, nicht seine MA.«

Sie trocknet ihre Hände mit einem Küchentuch ab, das sie anschließend über dem großen grauen Tisch ausbreitet.

»Mamá und Freundin, deshalb liebt er dich mehr. Lassen wir ihn zwischen uns beiden leben.«

Ganz in Grün spielt der Junge gerade im Hof, er wollte sich in der gleichen Farbe wie Gina kleiden. Ich gehe in Schwarz, andere Kleidung habe ich nicht mehr dabei. Wie die MA von beiden überprüft sie, ob wir alles eingepackt haben, und fragt uns, ob wir die Zähne geputzt hätten. Bevor wir losgehen, holt sie aus dem Kühlschrank zwei zusammengerollte gefüllte Bananenblätter, legt sie in einen Beutel mit zwei Päckchen Keksen und zwei Wasserflaschen. Sie ist früh aufgestanden, um uns den Reiseproviant vorzubereiten, sie wusste schon, meint sie, wie der Junge sich entscheiden würde, »aber das sind keine Schmerzen für eine wilde Hündin wie mich«.

Mitten in der klebrigen Hitze umringt von Moskitos, die nach einem Stückchen Haut suchen, um wehzutun, kaue ich auf Eiswürfeln, das Einzige, was diese Schwüle lindert, die meine Wangen zum Erröten bringt. Wir schauen dem Jungen zu, wie er im Hof umherspringt, nuschelnd bittet mich Gina um Verzeihung, dass sie kein Geld geschickt hat für die Erziehung des Jungen. Ich lasse nicht zu, dass sie fortfährt mit ihren Ausführungen, bringe sie in die Küche und sage ihr, dass die Mütter hier Schmerzen durchleiden, aber von außen scheint es, als würde die Kraft zu gebären ausreichen, um alles zu ertragen: Hunger, Demütigungen, Tod. Mit Stolz spricht man von den Frauen dieses Landes, ausdauernde, siegreiche Kriegerinnen. Den Krieg gibt es, aber niemand gewinnt ihn. Gina stimmt nachdenklich, schweigend zu.

Der Tag ist trübe und still. Die Furcht zeigt sich im Gang der Leute, in der Ferne sind weiterhin Schüsse zu hören, und der Junge glaubt, dass auf einem nahe gelegenen Hof eine Fiesta stattfindet. Wir korrigieren ihn nicht, damit er sich nicht erschreckt und auch, weil wir nicht wissen, wie wir ihm erklären sollen, was los ist.

Zu dritt gehen wir hinunter zum Fluss, reservieren uns zwei Plätze auf dem Schnellboot bei einem Alten mit Hut, gestreifter Hose und intaktem, aber gelbem Gebiss, sicher vom Rauchen Marke Rothaut. Versprechen könne er nichts, sagt er uns, man höre es ja – er zeigt auf den Himmel, die Schüsse –, um zwei sollen wir wiederkommen und schauen, wie der Tag so läuft.

Wir gehen zur Kirche hinauf, der Junge mit dem Pinguin, dem er ein Auge abgebissen hat, Gina mit meinem Koffer und ich trage den schwarzen Beutel mit dem Essen für die Reise. Drinnen spricht der Pfarrer mit zwei Damen, die Termine für eine Taufe erbeten. Wir setzen uns auf eine der mittleren Bänke, näher am Altar als an der Tür. Den Essensbeutel und meine kleine Tasche bewahre ich im Koffer auf, den ich hinter einer Säule verstecke, damit er nicht stört.

Gina betet: »Danke, Herr, dass ich meinen Kleinen sehen durfte, denn ich traf auf eine gute Frau, auch wenn sie weiß ist. Denn er ist gesund, intelligent und dankbar. Danke, dass du ein Kind mir am Leben erhalten hast, er wird der Stolz dieser Frauen sein, die ihm das Leben geschenkt haben, jede auf ihre Weise. Vergib mir, dass ich ihn eines Tages verlassen habe, und möge mir der Junge verzeihen, und sie, die seine Zuflucht ist und ihn aufopfernd großgezogen hat, indem sie Blumen verkauft. Ich bitte dich, ihr neue Kunden zu schicken, damit es ihnen an nichts fehlt. Sie reisen heute Nachmittag, führe sie gut über den Fluss, diesem verräterischen Tier, das uns ernährt, auch wenn die Sache immer zäher wird und diese Leute auf und ab laufen, uns bedrohen, als wären sie die Herrscher, auch wenn sie uns die Fische erschrecken, uns von dem Land vertreiben, die Söhne uns wegnehmen, die

Fingernägel und sogar unseren Lebenswillen. Lass mich gesund bleiben, mögen meine Schmerzen nachlassen in der Schulter, vom ständigen Gebücktgehen, wenn ich Gold suche und Wäsche aufhänge, möge ich meinen Jungen wiedersehen, vielleicht zu seinem Geburtstag oder zu Weihnachten. Amen.« »Amen«, antworten wir und blicken zum Altar.

Zum Ende des Gebets werden die Schüsse lauter, der Pfarrer und die zwei Damen kommen zu uns. Unsere Blicke kreuzen sich: Gina und ich, der Pfarrer und Gina. Die Damen schauen zu dem Jungen und er fragt, was los sei. Wir schweigen, eingefroren, in der Hoffnung, dass die Schüsse sich entfernen, aber sie kommen zu uns, näher, näher, sie sind hier. Eingedrungen.

Schwarze Augen in einem schwarzen Körper, der sicheren Schrittes unter seiner grünen Stola zur Tür läuft. »Hier herein«, ruft der Pfarrer den Menschen zu, die auf der Straße rennen, aus ihren Häusern und Geschäften sollen sie kommen, in die Kirche flüchten. Männer in Arbeitskleidung kommen herein, Fischer, Kinder, die auf dem Fußballfeld spielten, schwangere Frauen, alte Frauen, die nicht mehr rennen können, Kinder an der Hand ihrer Mütter, Kinder alleine, die nicht wissen, wo ihre Familien stecken, eine Frau und ihr Mann, ein Jugendlicher mit seinem Heft, ein anderes Kind, noch eins und noch eins. Sie setzen sich weinend neben uns. Mein Junge blickt stumm zu ihnen und weint mit ihnen, aus Angst oder nachahmend oder vielleicht, um sie zu begleiten. Männer, junge Frauen, Damen um die fünfzig oder sechzig, grauhaarige alte Damen kommen herein und setzen sich, um den Kugeln zu entkommen, die die Wand dieser Kirche voller Angst durchdringen können. »Alle auf den Boden«, ruft der Pfarrer und sagt, im Haus Gottes seien wir beschützt, sie müssten uns respektieren, Gott und die Jungfrau seien mit uns. Er sagt es sicher, unumstößlich, eine Stimme, die es mit den Schüssen aufnimmt.

Draußen: Kugeln statt Vögeln, Schreie statt des Gesangs der Frösche und die Sonne, die gleiche, die einen Spaziergang wärmt und die den Krieg wärmt, die sich durch die hohen Fenster der Kirche schleicht, sie mischt sich mit der Panik und kocht uns innerlich mit Terror.

Ich kann es nicht mehr verstecken, ich zittere, Schweiß läuft meine Schulter herunter. Wir weinen, der Junge und ich, umarmt. Gina sagt, wir sollen uns nicht vom Boden erheben, sie verlässt uns und robbt zu den vordersten Bänken, wo sie Leute beruhigt: Sie legt die älteren Frauen mit dem Kopf nach oben zwischen die Bankreihen, zieht den Kindern die Schuhe aus, damit sie nichts behindert, und beginnt ein Vaterunser. Eine Mutter, die andere Mütter behütet und beruhigt, damit sie auf ihre Kinder aufpassen können, eine Mutter, die alles verloren hat und nicht möchte, dass irgendjemand anderem das Gleiche widerfährt.

Die Kugeln fallen in meine Ohren, während die Schreie und Klagen aller, im Chor wie die Grillen des Nachts im Allerdunkelsten, den Jungen erzittern lassen. Auch mein ganzer Körper zittert, ich atme kurz, halte die Angst im Magen fest. Ich antworte dem Jungen nicht, als er mich erneut fragt, was los ist. Ich umarme ihn. »Hinlegen, hinlegen«, ruft der Pfarrer. Zwei schwangere Frauen strecken sich mit Ginas Hilfe auf den warmen Fliesen aus. Die Kinder tun es ihnen gleich, einige machen vor Angst Pipi in ihre Hosen, andere schlagen sich mit den Fäusten auf die Brust und den Kopf.

Schüsse in erschreckendem Tempo, kurze Stille und wieder Entladungen, länger und länger, draußen weder Worte noch Schreie, nur Kugeln. Er habe Durst, sagt der Junge. Der Koffer ist hinten, an der Säule. Ich sage ihm, er soll sich nicht bewegen, er soll auf mich warten, bis ich ihm Wasser bringe. Ich küsse ihn auf das rechte Auge, auf das linke und gehe auf allen vieren zwischen den Menschen entlang bis zur Säule. Ich hole die Wasserflaschen heraus, nehme eine für den Jungen und die andere lasse ich zu denen rollen, die am nächsten sind. Alle beten auf dem Boden liegend mit dem Gesicht nach oben, schenken Gott ihren Gesang, damit er uns heil hier herausholt. Ich verliere Gina aus den Augen. Mein Junge ist noch am gleichen Platz mit Blick zur Decke und den Händen nah am Körper, paralysiert. Der Pfarrer beruhigt eine Alte, nimmt ihre Hände und betet:

»Gott ist das höchste Gut. Fürchte dich nicht. Gib dich seiner Güte hin und ruhe in ihm.« Der Kugelhagel endet, die wir in der Nähe sind, hören das Gebet und antworten mit »Amen«. Der Geistliche segnet die Alte inmitten einer plötzlichen Stille, die meine innere Unruhe stärker werden lässt. Etwas schlägt auf das Dach der Kirche und explodiert. Mein Junge? Wo ist mein Junge? Etwas drückt mir auf die Brust, ich kann die Augen nicht öffnen. Warum kann ich die Augen nicht öffnen? Ich höre Schreie.

Weinen und Wehklagen: ein Echo voller Schutt. Wo ist mein Junge, wo ist mein Junge? Was haben sie uns angetan? Mein Körper fühlt sich steif an, meine Beine heiß, gelähmt. In einem Kraftakt mache ich mir das Gesicht mit den Händen sauber und öffne die Augen: Staub und Schutt und offener Himmel, kein Dach mehr. Wo ist mein Junge? Ich will schreien, aber es kommen keine Worte heraus. Das Stück Holz, das auf mir liegt, schiebe ich zur Seite, ich drehe mich nach rechts und ein blutiger Anblick brennt sich in meine Augen ein: zwischen Zementstücken ein Kopf mit grauen Zöpfen, die von der Kopfhaut an geflochten sind, die Augen geschlossen, der Mund offen, zahnlos. Ich spüre Stiche im Magen und mir wird übel, als ich mich hinknie, um meinen Jungen zu suchen, aber ich sehe nichts anderes als Körper ohne Gliedmaßen, Stoffstücke mit Blutflecken, Sandalen, Zementblöcke. Zu meiner Linken: eine Frau bewegt sich und beginnt zu keuchen. Ich klopfe auf meine Beine, damit das Blut fließt, krieche auf allen vieren und auf die beiden Arme gestützt, die jeden Moment einsacken können. Ich suche den Jungen zwischen Trümmern und Horror und warmem Blut. Schwarze Haut zwischen Holz, schwarze Haut, die blutet, schwarze Haut, tot auf dem Boden der Kirche von Bellavista. Die Kirche mit der Farbe von Hundebauch. Wo ist mein Junge? Gina! Ich krieche voran, wische den Staub weg, der sich auf mein Gesicht legt, in meine Augen geht; zertrümmerter Beton vergräbt sich in meine Handflächen und Knie, während ich vorwärtskomme. Vor mir: ein Haufen Schutt und Blut und ein Stück Heiliger Jungfrau, neben der Jungfrau ein kleiner, grüner Schuh wie der meines Jungen, an einem Bein ohne Körper. Mein Junge? Nein. Das kann nicht das Bein meines Jungen sein und auch nicht sein Schuh. Es ist sein Schuh und sein Bein. *Nein, nein, das ist nicht wahr.* Links, unter einer Bank: der Leib meines Jungen mit seinem grünen T-Shirt, blutiggrün. Ich schreie aus den Eingeweiden, ich schreie und nehme die Hände vor das Gesicht, aber sie können mein Unglück nicht halten. Mein Junge zerstört und ich, er äußerlich, ich innerlich. »Ach, wer macht so etwas? Um Gottes willen«, ruft eine Frau neben mir, und ich kann nicht antworten, kann nicht sprechen, bin nicht in der Lage, es zu erklären. Ich fühle, wie sie mir in einem Zug die Haut abgezogen haben. Ich lege mich unter die Bank, mein Junge nur noch ein Arm und ein Bein, ein Junge ohne Kopf. Das ist nicht mein Junge, das ist ein Unglück, eine Lüge, bitte, wo ist mein Junge. Zitternd erhebe ich mich, nehme das lose Bein und lege es neben den Rest. Ich lehne mich an ein Stück Wand oder Dach, keine Ahnung, was es ist, alles in Stücken. Der Pfarrer in der Soutane und mit beschmiertem Gesicht, kommt zu mir und sagt, ich soll mich setzen, das Feuergefecht geht weiter. Auf Knien frage ich ihn: »Warum ist mein Junge tot in Stücken, Padre, was ist denn das, wo ist mein ganzer Junge?« Eine Frau neben mir schreit und der Pfarrer geht gebückt zu ihr, ohne mir eine Antwort zu geben. Ich stelle mich hin und suche den Kopf meines Jungen. Ich finde ihn neben einer toten, alten Frau. Die Augen geschlossen, schlafend ohne seinen Körper. Ich nehme ihn und tue ihn zu dem Rest, ich nehme mein Kind, das sich nicht mehr bewegt und auch keine Fragen mehr stellt, in den Arm. »Gina, er ist tot, er sagt nicht, má! Wo bist du?«

Gebückt gehe ich zum Altar, auf der Hälfte des Weges erkenne ich sie an ihrem Kleid; ich drehe den Körper um: lebendiges Fleisch. Ich falle auf Knien auf den Boden, vor der toten Mutter meines toten Sohnes. »Was soll ich am Leben, warum bin ich am Leben?« Ich schreie, bis ich den Geschmack von Blut in meiner Kehle spüre. Jemand hebt mich auf und trägt mich geduckt bis zu dem Schutthaufen, wo mein Junge ist, es ist Amable, mit einer Wunde im Gesicht und roter Kleidung, der einzige Lebende, den ich außer dem Pfarrer sehe, der uns sagt, wir müssen zum Fluss gehen, weiße Stücke Stoff suchen. Leute erheben sich wie lebendige Tote, Blut spritzt, sie gehen zur Tür. Ich finde einen schwarzen Beutel und gehe zu meinem Jungen. Amable folgt mir, er sagt, wir müssen hinausgehen, und ich antworte ihm, dass ich nicht ohne meinen Jungen gehe. Ich knie nieder, öffne den Beutel, nehme das Bein, noch warm, mit meinen Händen und bewahre es auf. Amable will helfen, aber ich schreie ihn an, er soll ihn nicht anfassen, ich nehme ihn allein und tue ihn vorsichtig in den Beutel. Es fehlt ein Arm, der linke Arm meines Jungen. »Hilf mir, ihn zu suchen, aber fass ihn nicht an«, sage ich. Er antwortet, es gebe überall Kinderarme, es sei unmöglich. Der Pfarrer kommt zu uns, wir können nicht länger warten, ich hänge mir den Beutel über die Schulter, mit meinem unvollständigen Jungen. Ich habe nichts Weißes, um Frieden zu erbeten bei denjenigen, die uns das angetan haben. Sie öffnen die Tür, ich blicke ein letztes Mal zurück: die Kirche ist ein totes Tier, Reste nach der Plünderung durch Raubtiere und aasfressende Vögel.

Wir laufen hintereinander, unter der unerbittlichen Sonne und inmitten der Kugeln von Kämpfern, die das Dorf als menschlichen Schutzschild benutzen. Der Pfarrer schreit, sie mögen unser Leben respektieren, und die, die noch die Kraft haben, rufen mit ihm im Chor. Sie singen, schreien den Schmerz heraus: wir sind Zivilbevölkerung, ruft der Pfarrer. Respektiert unser Leben, antworten die, die können. Wir sind Zivilbevölkerung. Respektiert unser Leben. Welches Leben? Wo ist mein Junge? Wohin gehen wir? Wir hinterlassen blutiges Gras auf unserem Weg, und die Schritte, ich höre Schritte von Stiefeln auf dem Gras, schwere, schweigende Schritte. Sie verstecken sich hinter der Stimme des Pfarrers, der weiter ruft. Diese Schritte kommen wegen uns, sie wollen uns ein zweites Mal töten. Wir gehen zum Fluss hinunter und entfernen uns vom Zentrum des Gefechtes: die Kirche, die Schule und das Haus der Nonnen, wo sich auch Leute verstecken, das sagt der Pfarrer.

Ich laufe stumm, langsamen Schrittes, denn nun beginnt der Schmerz mir bewusst zu werden. Die Haut brennt und das Gesicht, es fühlt sich an, als ob meine Organe für einen Augenblick ausgesetzt hätten, auch das Herz, und jetzt würden sie versuchen, wieder in Takt zu kommen, um hier mit meinem Jungen herauszugelangen. Die Leute schauen beim Laufen auf den Boden, untröstlich, manche hinken, andere bluten, alle unter einer Sonne, die sich hinter einem Wolkenflecken voll Wasser nach und nach versteckt.

Kurz nachdem wir die Kirche verlassen haben, finden wir einen sicheren Abstieg zum Fluss, einen hinter Häusern versteckten Weg. Zwei kleine Kanus liegen an einen Pfahl gebunden, wir steigen ein, aber es gibt keine Ruder, und wir haben auch nicht die Zeit, eins zu suchen, die Schüsse hören nicht auf. Amable meint, uns bleibe nichts anderes übrig, als mit den Händen zu rudern, die Leute richten Fragen wie Stoßgebete an den Himmel, aber sie weinen nicht, denn im Krieg ist keine Zeit dafür. Mit dem Beutel zwischen meinen Füßen halte ich eine Hand ins Wasser und tue, was alle tun, versuchen zu überleben, auch wenn es für mich keinen Sinn mehr macht.

Wir kommen in Vigía an. Die Dorfgemeinschaft empfängt uns an der Mole, sie haben weiße Fahnen und improvisierte Krankenbahren mit Stöcken und Laken. Alle haben Angst. Ich steige mit dem Beutel aus, ohne ein Wort hervorzubringen, es erscheint mir ungerecht zu laufen, so lebendig zu sein. Leute werden ins Krankenhaus gebracht, ich lehne ab. Ich frage Amable, wo Carmen Emilia wohnt, und er, so lebend und ganz wie ich, begleitet mich in eine enge Straße, die parallel zum Fluss verläuft. Wolken am Himmel, die Vögel fliegen, verstecken ihren Gesang, kein Wind, der verwehen könnte, was gerade geschehen ist. Rechts ein schäumender Fluss, in der Tiefe aufgewühlt und mit Flecken an der Oberfläche.

Die verquollenen Augen von Carmen Emilia tauchen hinter einer farblosen Tür auf. Amable und ich, beide in Blut gebadet, schauen dabei zu, wie sie eine Hand an die Hüfte führt, die andere zum Mund, sie sucht zu meinen Füßen, hinter meinem Kleid, steckt ihren Kopf zur Tür hinaus und sieht den Jungen nicht. Aus ihr platzt die Frage heraus, die ich mir seit der Explosion in der Kirche stelle: »Wo ist er?« Ich lasse den Beutel fallen und knie mich vor sie, ohne ein Wort zu sagen.

Sie tragen mich bis in den Hof des Hauses, der Garten ist umrandet von Hochbeeten, die den Geruch von Yerbabuena verströmen. In der Mitte ein Zitronenbaum, an den sie mich lehnen, barfuß. Kalt ist mir, Regen über mir, Stimmen und Schreie, die kommen und gehen, vergessene schwarze Klagen, schon immer da gewesen. Die Blätter fallen vom Baum ab und fliegen durch die Luft. Ich möchte dem Jungen sagen, dass die Blätter bei Regen wie Schmetterlinge aussehen, das Gewicht des Wassers verwandelt sie in Flügelchen, die einen Baum an der Wurzel herausreißen können.

Die Schreie kommen von den Blättern, vom Wasser, von der Erde, die meinen Jungen wachsen sah. Ich lege mich mit dem Gesicht zum Himmel, Wolken und Blitze. Ohne zu weinen, begrabe ich mich in das Schweigen, den Blick nach innen gerichtet. Ich schließe mich ein.

Die Stimme einer Señora sagt:

»So ist es: hier werden wir den Jungen begraben und es niemandem sagen. Diese Leute erlauben es nicht, dass wir die Toten anständig verabschieden, sie wollen sie alle in einer Grube.«

Welcher Junge? Ich setze mich auf und lehne mich an den Baum. Warum graben sie neben mir ein Loch, neben diesen Zitronenbaum voller noch grüner Früchte. Mir summt es in den Ohren, meine Beine sind warm mit roten Flecken und Wunden, etwas muss mich gestochen haben, es tut nicht weh. Nichts tut mir weh.

Die Frau begibt sich in das Loch mit einem schwarzen Beutel, ich beuge mich vor und sehe, dass sie Teile herausholt, eines ... Kindes? Ihr Sohn, arme Frau. Sie legt ihn auf die Erde, zieht ihm die Schuhe aus, aber ein Arm fehlt ihm. Warum ist er nicht vollständig? Und woran ist er gestorben?

»Eine Blume«, sage ich.

Ich stehe auf, pflücke eine Paradiesvogelblume und werfe sie der Frau zu, damit sie den Körper vervollständigt. Dann breitet sie über ihn ein weißes Laken aus, steigt aus dem Loch und ein junger Mann wirft mit einer Schaufel Erde hinein. Der Regen und die Gesänge, die aus der Frau kommen, fallen auch auf das Kind.

Ein Lied, ein Totenlied, ein Wiegenlied, ein Bolero, zwei beliebte Gesänge und zwei Gedichte schweben über diesem Buch. Dank den Komponisten und all jenen, die sich bemühen, die mündliche Tradition am Leben zu erhalten.

Han cogido la cosa, Jairo Varela
Embarroten la canoa, tradición oral chocoana
Adiós niñito, Rosa Wila
Dos gardenias, Isolina Carrillo
A la mina, Esteban Cabezas Rher
Duerme negrito, Atahualpa Yupanqui
Pobreza Negra, Mary Grueso Romero
Caminos del espejo, Alejandra Pizarnik

GLOSSAR

Chirimía bezeichnet einen Musikstil, der vor allem in der Region Chocó gespielt wird.

Der *Chogüi* Vogel: Die in verschiedenen Versionen bekannte Legende des Guaraní-Volkes erzählt von einem kleinen Jungen, der auf einem Baum saß, von dem Ruf seiner Mutter erschrak und vom Baum fiel. In den Armen seiner Mutter starb er und wurde in einen blauen Vogel verzaubert.

Chola, Cholo sind die weibliche und männliche Bezeichnung für eine Person mit teils indianischer, teils spanischer Herkunft. Ursprünglich wurde *cholo, chola* abwertend verwendet, heutzutage bezieht sich die Bezeichnung nicht ausschließlich auf die ethnische Herkunft und ist auch nicht vorrangig negativ konnotiert.

Chontaduros sind Palmenfrüchte, die orange-rot wie Tomaten aussehen. Innen sind sie sehr trocken und stärkehaltig – ähnlich der Süßkartoffel – und reich an Proteinen und Vitamin A. Sie werden in der Regel geschält, geschnitten und in einer Tüte mit Salz, Zitrone oder Honig serviert.

Jagua-Tattoos sind die traditionelle Hautbemalung in Kolumbien, Venezuela und Brasilien. Die Farbe wird aus dem Saft des Jenipapo-Baums gewonnen.

Der *Jenipapo-Baum* ist in Mittel- und Südamerika weit verbreitet. Die Früchte sehen aus wie Feigen, haben aber die Größe von Äpfeln und werden überreif gegessen. Aus den noch unreifen Früchten wird ein Saft gewonnen, der der Hautbemalung dient und dabei bläulich-schwarz wird (siehe *Jagua*).

Der *Karneval von San Pacho* in Quibdó dauert zwanzig Tage lang vom 20. September jedes Jahres an und ist Sankt Franziskus von Assisi gewidmet – mit Straßenumzügen, religiösen Messen und nächtlichen Feiern. Es ist eine Mischung aus katholischen Traditionen und afrikanischen Elementen.

Die *Llorona* (»Die Weinende«, »Die Wehklagende«) ist eine Figur der lateinamerikanischen Folklore. Der Legende nach, die in Lateinamerika in unterschiedlichsten Versionen existiert, ist sie eine junge, schöne Frau, die ihre Kinder im Fluss ertränkt hat. Sie gilt als Todesbotin und erscheint in der Nähe von Flüssen.

Die Legende der *Madremonte* (»Mutterberg«) ist tief in der mündlichen Kultur des kolumbianischen Amazonasbeckens verwurzelt. Die Madremonte wird als schöne und starke Frau dargestellt, halb Frau, halb Berg, die in Blätter und Moos gekleidet ist. Ihr Gesicht ist nicht zu erkennen. Als übernatürliches Wesen bestraft sie all diejenigen, die der Natur Schaden zufügen oder Untaten planen.

Der *Mohán* ist eine Figur der volkstümlichen Mythen Kolumbiens. Er wird als sehr korpulentes menschliches Wesen beschrieben, mit langem, ungepflegtem Haar am ganzen Körper, manchmal wird er als moosartiges Wesen dargestellt, mit leuchtenden Augen und langen, scharfen Nägeln. Den Legenden zufolge hält er sich an Bächen und Flüssen auf und ist der Schrecken aller, die an Flüssen arbeiten oder auf Booten unterwegs sind.

San Pacho ist der volkstümliche Name des Heiligen Francisco von Assisi.

Vallenato ist eine Musikform und gehört neben der *Cumbia* zu den bekanntesten in Kolumbien, vor allem an der Nordostküste. Traditionell wird sie von einem Ensemble aus Akkordeon, Trommel und der Güira, einem Schrappinstrument, gespielt.